LÉGENDES DE NOËL

CONTES HISTORIQUES

G. LENOTRE

ALICIA EDITIONS

TABLE DES MATIÈRES

1. L'extase — 1
2. Noël Chouan — 15
3. Tombé Du Ciel — 26
4. Un Réveillon Chez Cambacérès — 45
5. Le Noël De Fouquier-Tinville — 55
6. La Carrière De Monsieur Colleret — 70
7. La Poupée — 82
8. Le Petit Noël De Quatre Sans-Culottes — 101
9. L'étoile — 112
10. Mathiote — 122
11. Le Noël Du Duc De Reichstadt — 138
12. L'arbre De Noël De Monsieur D'auvrigny — 152
13. Un Réveillon Chez Paul De Kock — 166
14. La Fée — 177

À GENEVIÈVE ET À THÉRÈSE

Pour vous, mes chères petites, ont été écrits ces contes — qui ne sont que des contes. Si parfois les éclaire quelque reflet de l'épopée française, je l'ai voulu ainsi dans l'espoir que la lecture de ces anecdotes vous donnerait, à l'âge où l'on ne s'amuse encore que des fables, la curiosité et le goût de notre histoire, plus belle que toutes les légendes et plus miraculeuse que toutes les fictions.

G. L.

L'EXTASE

Les distractions étaient variées au château de Compiègne lors des séjours annuels qu'y faisait la cour de Napoléon III.

Quand les hommes avaient chassé toute la journée, quand les femmes avaient changé de toilette quatre ou cinq fois pour se rendre, de chambre à chambre, de cérémonieuses visites ; quand on avait épuisé la gamme des lunchs, thés, goûters, en-cas, collations, et médit des gens qu'on savait mal en cour, on s'habillait pour le dîner ; puis on se groupait dans le salon des Cartes jusqu'au moment où l'empereur et l'impératrice, sortant de leurs appartements, prenaient la tête du cortège et, précédant leurs invités, se rendaient dans la Galerie des Fêtes où le couvert était dressé.

Le dîner durait une heure, montre en main ; on prenait le café dans la Galerie des Cartes et on se dispersait dans les grands salons qui lui font suite.

C'était l'heure « dure à tuer, » suivant l'expression d'un vieux grognard de la vénerie impériale. On jouait aux petits jeux. Quand « ça languissait, » l'empereur daignait tourner gravement la manivelle d'un piano mécanique dont le répertoire se composait de trois airs : un quadrille, une valse et une polka.

Après la musique, les causeries commençaient.

L'impératrice, que rien n'intéressait autant que les récits de l'époque révolutionnaire ou de l'épopée napoléonienne, stimulait les narrateurs et s'ingéniait à donner de l'aplomb aux plus timides.

Un soir d'hiver, – les *Compiègnes* commençaient vers la Sainte-Eugénie et se prolongeaient jusqu'à Noël, – la souveraine, sentant s'épuiser la verve de ses conteurs habituels, avisa le vieux général d'Olonne qui, de la soirée, n'avait pas proféré un mot :

— À vous, général, dit-elle, contez-nous une histoire…

— Moi ! Que Votre Majesté m'excuse, je n'en sais… ou plutôt je n'en sais qu'une… si lointaine… si naïve.

— Tant mieux, je n'aime que celles-là… Le nom du héros ?…

— Votre Majesté me permettra de ne le divulguer qu'à la fin… si je me tire de mon récit…

— Soit. C'est une histoire de guerre ? De révolution ?

— De guerre, oui…

— Bravo ! ce sont les plus belles…

— Et de révolution aussi, car celui auquel échut l'aventure était un orphelin de la façon de Robespierre : c'était un enfant, nommé Jean ; son père et sa mère avaient été arrêtés une nuit dans leur château de la Somme, traînés à Paris et guillotinés. Le château même avait été envahi et pillé par les sans-culottes de Montdidier. Ces choses n'avaient pas laissé de trace dans l'esprit du petit Jean, âgé seulement de sept ou huit mois ; mais sa grand'mère maternelle, la vieille marquise d'Argueil, avait gardé, de ces événements tragiques, une impression ineffaçable ; elle avait fui, à demi-folle d'horreur, emportant son petit-fils. D'étape en étape, reculant devant les armées victorieuses de la République, la grand'mère et l'orphelin étaient ainsi parvenus jusqu'en Autriche ; certaine d'être là à l'abri des sans-culottes, la marquise s'était fixée à quelques heures de Brünn, sur les confins de la Moravie, où, rassemblant ses dernières ressources, elle avait fait l'acquisition d'un petit bien dans un village appelé Slibowitz.

C'est là que Jean grandit, entre son aïeule inconsolée et un saint prêtre, évadé des bagnes de la République. Il s'éleva, tant bien que mal, recueillant, de la marquise, les traditions de sa famille, et recevant les leçons du prêtre, qui lui apprit un peu de latin et beaucoup de cantiques. En fait d'histoire, on ne lui enseigna qu'une chose : c'est que depuis la chute du trône des Bourbons, la France était tombée au dernier rang des nations, la vengeance divine l'ayant condamnée à disparaître de la surface du globe ; pour obéir à ce décret de la Providence, le peuple français, jadis si policé et si élégant, s'était transformé en une horde de cannibales qui se baignaient dans le sang humain et massacraient indistinctement tous ceux qu'ils soupçonnaient d'un restant d'honnêteté.

Lorsque Jean sortait de chez son précepteur, l'esprit hanté des noyades, des déportations, des tueries de Septembre, des égorgements de Lyon ou de Cambrai, il retrouvait chez sa grand'mère le même cauchemar dans le récit des visites domiciliaires, des arrestations, des guillotinades, et de la mort sanglante de son père et de sa mère… Son imagination d'enfant lui représentait la France comme un cloaque qu'habitait une race d'hommes à moitié nus, velus, hirsutes, maniant de grands couteaux, grinçant des dents et dansant des sarabandes échevelées autour de la machine à tuer, dressée en permanence à tous les carrefours.

Il en frissonnait, le soir, dans son petit lit, en écoutant causer la tremblante marquise et le maigre abbé, qui se communiquaient, les yeux au ciel et les mains ballantes, les nouvelles apportées par la gazette. Jean apprit ainsi que ces démons de Français, lassés de l'anarchie, s'étaient donné pour chef un ogre, au nom fantastique et ridicule, un ogre qu'ils avaient fait venir de Corse, et en comparaison duquel Attila, le fléau de Dieu, n'était, au dire de l'abbé, qu'un placide et paterne bonhomme. L'enfant en rêvait la nuit et en restait préoccupé tout le jour.

— C'est loin, la France, grand'mère ? demandait-il pour se rassurer.

— Très loin, mon enfant, grâce à Dieu ! gémissait la pauvre dame.

— Et vous êtes sûre que l'ogre ne viendra pas nous chercher ici ?

— Dieu ne le permettra pas, sans doute.

— Nous fuirions, s'il devait venir, n'est-ce pas ?

— Hélas ! où fuir, mon cher petit ? Si l'Ogre de Corse venait jusqu'ici, c'est qu'il serait maître de toute la terre... et alors... et alors, ce serait la fin du monde et il ne nous resterait qu'à nous résigner...

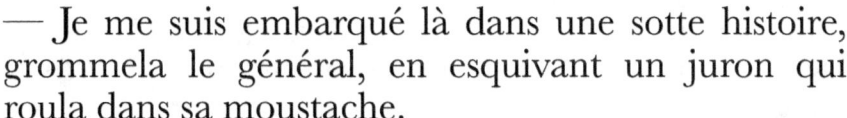

— Je me suis embarqué là dans une sotte histoire, grommela le général, en esquivant un juron qui roula dans sa moustache.

— Pourquoi général ?

— D'abord parce qu'elle n'en finit pas...

En outre, ce qui advint au petit-fils de la marquise d'Argueil est arrivé à bien d'autres : ce n'était rien, pour l'*Ogre*, de conquérir le monde... Sa rude tâche fut de gagner, un par un, tous ces esprits hostiles, cuirassés de préventions, perclus de légendes, nourris de calomnies et de haines... Et j'enrage en songeant que ses ennemis les plus acharnés n'étaient ni les Prussiens, ni les Autrichiens, ni les Russes, mais les Français qu'il dut vaincre, sans autres armes que son prestige et sa gloire…

— Eh bien ! dites-nous, général, comment il triompha du jeune émigré dont vous nous évoquez l'enfance.

— Ah ! ça a l'air d'un conte de bonne femme… Enfin ! puisque j'ai commencé…

Je dois dire à Votre Majesté qu'avec l'âge, la curiosité, dans l'esprit du petit Jean, prenait la place de la terreur. Il avait toujours grand'peur, mais sa frayeur affectait une nouvelle forme ; il aurait bien voulu savoir comment étaient bâtis ces monstres, qui, au dire de sa grand'mère et de son professeur, peuplaient le pays de France : le peu qu'il savait de leur chef, ce tyran sanguinaire et redoutable devant qui croulaient les murailles des forteresses ennemies et se débandaient les armées les plus aguerries, l'obsédait surtout comme un de ces épouvantails dont la hideur est attirante.

Tous les ancêtres de mon jeune héros avaient porté l'épée, et son petit cœur battait la charge dès qu'on parlait guerre, soldats et batailles rangées.

Il venait d'avoir douze ans, au mois de décembre 1805 : c'était l'enfant le plus ingénu et le plus docile qu'on pût rencontrer : pourtant, depuis quelques mois, son esprit était en éveil : on ne s'était pas caché pour parler devant lui des événements qui bouleversaient l'Europe : il savait que les Français avaient envahi l'Allemagne et s'étaient avancés jusqu'à Vienne : le village de Slibowitz, qu'il habitait, avait même été occupé, pendant bien des semaines, par un corps de soldats russes, accourus du Caucase à la rencontre de l'invasion. Jean avait couru les bivouacs, admiré les cosaques barbus, et s'était beaucoup étonné de leur rudesse et de leur indiscipline. Un soir, ils étaient montés sur leurs petits chevaux et s'étaient éloignés en brandissant leurs lances et en poussant des *hurrahs* ! Ils allaient se battre contre Bonaparte, et le lendemain, dès l'aube, on entendit en effet, au loin, du côté de Brünn, ronfler une canonnade qui ne prit fin que vers le soir.

Personne ne dormit cette nuit-là dans le bourg : on attendait des nouvelles. Vers deux heures du matin, les cosaques traversèrent le village, en tourbillon, à la débandade, et ne reparurent plus : un blessé, soigné chez le bourgmestre et qu'on interrogeait sur ce qui s'était passé, ne répétait obstinément que deux mots : *Der Teufel… Der Teufel…* (le diable, c'est le diable… !) On apprit seulement quelques jours plus tard que les Français étaient victorieux et que l'empereur d'Autriche implorait grâce…

La marquise d'Argueil, persuadée que la guillotine allait reparaître, en tremblait d'émotion et d'effroi ; l'abbé préparait ses bagages. Quant à Jean, il était à la fois consterné et satisfait : très inquiet de savoir l'Ogre si près de lui, et très fier pourtant à la pensée que ces robustes cosaques, à qui rien ne faisait peur, avaient été si prestement mis en déroute par les troupiers français. Quelle pouvait bien être l'allure de ces héros ? Quelle mine terrifiante possédaient-ils donc ? De quel tonnerre étaient-ils armés ? Et dans son impatience il aurait voulu voir, ne fût-ce qu'en image, ne fût-ce que sous forme de jouets, ces hommes terribles qui conquéraient ainsi l'Europe tambour battant. Mais il ne possédait en fait d'image, que la complainte du *Juif errant*, achetée d'un colporteur quelques semaines auparavant et son seul jeu guerrier était un petit fort en bois, gardé par des Turcs en carton, que l'abbé lui avait rapporté d'Olmütz à la Saint-Jean dernière. Sa curiosité s'aviva ainsi jusqu'à la Noël, et la veille de la fête, il prit une résolution : tandis que la marquise s'apprêtait pour la messe de minuit, il plaça, avant de se coucher, ses souliers devant l'âtre, et déposa près d'eux, bien en évidence, un feuillet blanc où, de sa plus belle main, il écrivit : *Petit Jésus, apportez-moi des soldats français.* Soit qu'il espérât que l'Enfant-Dieu prendrait la peine de passer par là pour opérer ce miracle, soit plutôt qu'il crût habile cette façon discrète de faire connaître à sa grand'mère le désir qu'il n'osait manifester plus ouvertement, il se coucha plein d'espoir et s'endormit.

Je dois dire qu'en rentrant des offices, vers cinq heures du matin, la vieille marquise ne songea même pas à jeter un regard du côté de la cheminée : elle venait d'apprendre que l'Ogre approchait et que ses éclaireurs avaient été vus, vers la tombée du jour, sur les hauteurs boisées qui dominent Slibowitz. Elle alla jusqu'au lit de Jean, dressé dans une alcôve au fond de l'unique salle dont se composait le rez-de-chaussée de la maison, murmura deux ou trois : *pauvre petit !* d'un ton de compassion attendrie, et se prépara à monter à sa chambre. Elle avait déjà gravi quelques marches de l'escalier quand un grand bruit se fit dans la rue : des piétinements de chevaux, des appels, des chocs d'armes, et, aussitôt, des coups pressés, frappés à la porte de la maison.

La marquise n'eut pas la force de s'évanouir : elle recommanda son âme à Dieu et alla ouvrir la porte ; sur le seuil quelques hommes, qui lui parurent pour la plupart gigantesques, se tenaient couverts de grands manteaux à pèlerines et coiffés de bicornes dorés ; d'autres, en masse, restés à cheval, barraient la rue du village… Elle recula, les hommes entrèrent sans façon… L'un d'eux, le plus petit, s'avança vers elle et, d'une voix très douce lui dit :

— Excusez-nous, bonne vieille, nous aurons fini en quelques minutes.

Déjà les autres avaient tiré la table près de la cheminée, approché la lampe et étalé de grandes cartes.

— Voyez, Sire, dit l'un.

Celui qui l'avait appelée « bonne vieille » se pencha, le sourcil froncé, et elle comprit tout de suite que c'était lui… *l'Ogre !… Bonaparte !* Il était très simplement vêtu d'un pardessus gris bordé de fourrure ; ses compagnons, les manteaux jetés, étaient apparus chamarrés de la tête aux pieds, couverts de broderies, de rubans et d'étoiles… La marquise, écroulée sur les marches de l'escalier, s'apprêtait à bien mourir et se disait la prière des agonisants…

L'empereur releva la tête.

— C'est bien, fit-il.

Les officiers, docilement, replièrent les cartes ; lui s'approcha du feu mourant, s'assit sur un escabeau, saisit les pincettes et tisonna nerveusement. Puis il se prit le front dans les mains et resta songeur, les yeux fixes. Les aides de camp, derrière lui, se tenaient debout, immobiles, attendant ses ordres.

∼

Ce silence se prolongea : l'empereur paraissait absorbé dans une profonde rêverie ; la marquise, à bout de force, se sentait défaillir, quand elle vit que l'Ogre remuait. — « Voilà le moment, » se dit-elle.

Bonaparte se penchait, l'œil fixé sur la feuille blanche posée en travers des petits souliers. Il la saisit et, à demi-voix, lut : « *Petit Jésus, apportez-moi des soldats français…* » Il releva le front.

— Qu'est-ce que cela ? dit-il.

Puis appelant :

— Berthier ?

Un des généraux de la suite s'approcha.

— À quelle date sommes-nous ? Est-ce aujourd'hui Noël ?…

— Oui, Sire…

— Tiens ! c'est la nuit du réveillon… Qui donc habite cette maison ? Des Français ?…

Il se leva, le feuillet à la main, et vint à la marquise.

— Vous parlez français, bonne femme ?

— Oui, balbutia-t-elle… grâce !

L'empereur allait et venait par la chambre, il arriva ainsi au lit où dormait Jean.

— C'est cet enfant qui a écrit ce souhait ?… Il est Français, lui aussi ?…

— Oui, répéta la marquise, rassemblant ses forces… grâce pour lui, du moins…

L'empereur n'écoutait pas, il s'était penché sur le petit lit et regardait l'enfant dormir.

— Sortez-le du lit, sans le réveiller, si c'est possible ; et enveloppez-le bien, qu'il ne sente pas le froid…

Puis, se tournant vers la marquise :

— Je le prends, dit-il, on vous le ramènera tantôt…

— Seigneur ! s'écria l'aïeule en sanglotant…

Mais déjà Berthier avait sorti Jean de son lit et le roulait dans les couvertures. L'empereur, au seuil de la maison monta sur son cheval que tenait en main un mameluck. Le petit jour blanchissait le ciel : la vieille marquise, paralysée par la terreur, vit, de ses yeux noyés de larmes, l'aide de camp soulevant le petit Jean, le présenter à Bonaparte, qui, d'une voix très douce, presque tendre, répétait :

— Doucement, doucement, ne le réveillons pas.

Il le posa devant lui, sur le velours pourpre de sa selle et appuyant la tête de l'enfant contre sa poitrine, il disparut dans l'aube grise, suivi de son escorte.

~

Quand Jean, plus tard, rassemblait ses impressions de ce matin-là, il se souvenait avoir ouvert les yeux, aussitôt refermés, gros de sommeil. Son visage était enfoui dans la fourrure, il avait chaud, il se sentait bien, il lui semblait qu'on le berçait, et quelqu'un penché sur lui, répétait, d'un ton très bas :

— « Dors, mon petit, dors ! »

Puis il entendit tout à coup comme un bruit de tonnerre, il ouvrit les yeux, ébahi… Il était emporté, au grand galop d'un cheval, serré contre un homme qui, le tenant à bras-le-corps, le regardait tout souriant et répétait :

— N'aie pas peur !… Tu as demandé au petit Jésus des soldats français… En voilà !…

Et, dans la plaine, à perte de vue, s'alignaient des régiments merveilleux : lignes sombres de grenadiers, coiffés de bonnets d'ourson, auxquelles succédaient les lignes plus claires de voltigeurs ; puis les dragons rangés sur leurs chevaux qui saluaient de la tête ; puis les lanciers dont les flammes roses frissonnaient au vent du matin… Et, à mesure que le maître avançait, du fond des rangs montaient le grondement rythmé des tambours battant aux champs, les éclats des fanfares victorieuses, les cris formidables de toute l'armée acclamant son empereur ; au loin, le canon, solennellement tonnait, les baïonnettes étincelaient sous le soleil levant, et lui, grisé, les narines ouvertes, les lèvres souriantes, le front radieux, serrait l'enfant dans ses bras, et, de temps en temps disait :

— Tu vois, comme c'est beau !... n'est-ce pas que c'est beau ?...

Le général d'Olonne s'essuya les yeux, se tut un instant et reprit :

— Quand la revue fut terminée et que l'empereur m'eut remis aux mains...

— Comment, général, le petit Jean, c'était vous ?

— C'était moi. Majesté... je rentrai à Slibowitz dans l'état d'un être à qui Dieu a entr'ouvert la porte du ciel ; deux jours plus tard j'étais inscrit dans les pages et je prenais le chemin de Paris... C'est ainsi que ma carrière a commencé.

— Et la marquise ?

— Ma pauvre grand'mère m'avait cru mort, dévoré par l'Ogre... Quand je revins à la maison, je la trouvai préparant des vêtements de deuil, elle considérait comme un miracle que j'aie échappé à la cruauté du monstre... qui la fit d'ailleurs bientôt rayer de la liste des émigrés et qui lui rendit tous les biens de notre famille...

— De sorte ?

— De sorte qu'il n'eut pas de plus fervente admiratrice et de plus fidèle servante ; quand les Bourbons revinrent, en 1814, elle voulait émigrer de nouveau, assurant qu'elle ne pourrait pas vivre dans une France où Napoléon ne commandait plus...

— Elle se rallia pourtant à la Restauration ?

— Jamais ! Quand Louis XVIII lui fit des avances et l'invita aux réceptions des Tuileries, elle lui répondit : « Une femme à qui l'Empereur a accordé l'honneur de l'appeler *bonne vieille* n'ira pas se faire traiter de marquise par des ci-devant qui l'ont combattu... »

Et, du ton d'un homme pour qui le présent est sans attrait, le général d'Olonne, mélancoliquement, ajouta :

— Voilà pourtant les surprises que l'Enfant Jésus apportait aux petits Français de ce temps-là !

NOËL CHOUAN

*V*oici l'histoire telle qu'on me l'a contée, un soir, au bord du Couësnon, dans cette partie du pays de Fougères qui, de 1793 à 1800, fut le théâtre de l'épopée des Chouans, et où vivent toujours les souvenirs des temps de *grande épouvante* : — c'est sous ce nom sinistre que, là-bas, on désigne la Révolution.

∼

Par une nuit de l'hiver de 1795, une escouade de soldats de la République suivait la traverse qui, longeant la lisière de la forêt de Fougères, communique de la route de Mortain à celle d'Avranches. L'air était vif, mais presque tiède, quoiqu'on fût à l'époque des nuits les plus longues de l'année ; çà et là, derrière les haies dénudées, de larges plaques de neige, restées dans les sillons, mettaient dans l'ombre de grands carrés de lumière.

Les patriotes marchaient, les cadenettes pendantes sous le bicorne de travers, l'habit bleu croisé de baudriers larges, la lourde giberne battant les reins, le pantalon de grosse toile à raies rouges, rentré dans les guêtres. Ils allaient, le dos voûté, l'air ennuyé et las, courbés sous le poids de leur énorme bissac et du lourd fusil à pierre qu'ils portaient sur l'épaule, emmenant un paysan, qui, vers le soir, en embuscade dans les ajoncs, avait déchargé son fusil sur la petite troupe : sa balle avait traversé le chapeau du sergent et, par ricochet, cassé la pipe que fumait un des soldats. Aussitôt poursuivi, traqué, acculé contre un talus, l'homme avait été pris et désarmé : *les bleus* le conduisaient à Fougerolles où se trouvait la brigade.

Le paysan était vêtu, en manière de manteau, d'une grande peau de chèvre qui, ouverte sur la poitrine, laissait voir une petite veste bretonne et un gilet à gros bouton. Il avait aux pieds des sabots et sa tête était couverte d'un grossier chapeau de feutre à larges bords et à longs rubans, posé sur un bonnet de laine. Les cheveux flottaient sur son cou. Il suivait, les mains liées, l'air impassible et dur ; ses petits yeux clairs fouillaient à la dérobée les haies qui bordaient le chemin et les sentiers tortueux qui s'en détachaient. Deux soldats tenaient, enroulées à leur bras, les extrémités de la corde qui lui serrait les poignets.

Lorsque les bleus et leur prisonnier eurent dépassé Tondrais et franchi à gué le ruisseau du Nanson, ils s'engagèrent dans la forêt afin d'éviter les habitations ; au carrefour de Servilliers, le sergent commanda halte ; les hommes harassés formèrent les faisceaux, jetèrent leurs sacs sur l'herbe et, ramassant du bois mort, des ajoncs et des feuilles qu'ils entassèrent au milieu de la clairière, allumèrent du feu, tandis que deux d'entre eux liaient solidement le paysan à un arbre au moyen de la corde nouée à ses mains.

Le chouan, de ses yeux vifs et singulièrement mobiles, observait les gestes de ses gardiens : il ne tremblait pas, ne disait mot ; mais une angoisse contractait ses traits : évidemment, il estimait sa mort imminente. Son anxiété n'échappait point à l'un des bleus qui le cerclaient de cordes. C'était un adolescent chétif, à l'air goguenard et vicieux : de ce ton particulier aux Parisiens des faubourgs et, tout en nouant les liens, il ricanait de l'émotion du prisonnier.

— T'effraie pas, bijou ; c'est pas pour tout de suite : t'as encore au moins six heures à vivre : le temps de gagner un quine à la ci-devant loterie, si tu as le bon billet. Allons, oust, tiens-toi droit !...

— Ficelle-le bien, Pierrot : il ne faut pas que ce gars-là nous brûle la politesse.

— Sois tranquille, sergent Torquatus, répondit Pierrot ; on l'amènera sans avarie au général. Tu sais, mauvais chien, continua-t-il en s'adressant au paysan qui avait repris son air impassible, il ne faut pas te faire des illusions ; tu ne dois pas t'attendre à être raccourci comme un ci-devant : la République n'est pas riche et nous manquons de guillotines ; mais tu auras ton compte en bonnes balles de plomb ; six dans la tête, six dans le corps. Médite ça, mon vieux, jusqu'au matin : ça te fera une distraction.

Sur ce, Pierrot vint s'asseoir parmi ses camarades, autour du feu, et tirant de son sac un morceau de pain bis, il se mit à manger placidement.

Cette guerre atroce que, depuis trois ans, les troupes régulières menaient en Bretagne contre les bandes de paysans, cette lutte acharnée avec des ennemis invisibles, avait pris le caractère odieux d'une chasse à la bête fauve : dans les deux camps, il ne restait rien de cette générosité habituelle aux soldats, ni compassion pour les prisonniers, ni pitié pour les vaincus : un homme pris était un homme mort : bleus ou chouans avaient tant des leurs à venger !

D'ailleurs il semble qu'au cours de cette épouvantable époque les hommes aient perdu tous sentiments humains : l'habitude du sang versé, l'insécurité du lendemain, le bouleversement des mœurs, la rupture de l'endiguement social avaient fait d'eux de véritables bêtes, courageuses ou perfides, lions ou tigres, n'ayant d'autre mission et d'autre but que de tuer et de vivre.

Quand il eut fini son pain, Pierrot se mit à astiquer son fusil ; il choisit dans sa giberne une balle de calibre, et la tenant délicatement entre ses doigts :

— Hé ! mon fiston, dit-il au paysan qui, du regard, suivait tous ses mouvements ; elle est pour toi, celle-là.

Il la glissa dans le canon de son fusil, qu'il bourra d'un chiffon de papier. Tous les hommes éclatèrent de rire et chacun dit son mot, joyeux de distiller au malheureux son agonie.

— J'en ai autant à te faire digérer, criait l'un.

— Ça te fera douze boutonnières à la peau, ricanait un autre.

— Sans compter le coup de grâce que je lui enverrai par les deux oreilles, ajouta le sergent que la colère prit tout à coup.

— Ah ! canaille de chouan, fit-il en avançant le poing, si, d'un coup, j'en pouvais tuer cent mille de ton espèce !

Le paysan, silencieux, demeurait calme sous cet assaut de rages. Il semblait guetter un bruit lointain que les cris et les rires des soldats l'empêchaient de percevoir. Et tout à coup il courba la tête et parut se recueillir : du fond de la forêt montait dans l'air tranquille de la nuit le son d'une cloche que le souffle des bois apportait, clair et distinct, doucement rythmé. Presque aussitôt une seconde cloche, plus grave, se fit entendre à l'autre bout de l'horizon et bientôt après une troisième, grêle et plaintive, très loin, tinta doucement.

Les bleus, surpris, s'émurent.

— Qu'est-ce là ?... Pourquoi sonne-t-on ?... Un signal, peut-être... Ah ! les brigands !... C'est le tocsin !

Tous parlaient à la fois ; quelques-uns coururent à leurs armes. Le paysan releva la tête et, les regardant de ses yeux clairs.

— C'est Noël, dit-il.

— C'est... ? Quoi... ?

— Noël... on sonne la messe de minuit.

Les soldats, en grommelant, reprirent leurs places autour du feu et le silence s'établit : *Noël, la messe de minuit* ; ces mots qu'ils n'avaient pas entendus depuis si longtemps les étonnaient : il leur venait à la pensée de vagues souvenirs d'heures heureuses, de tendresse, de paix : la tête basse, ils écoutaient ces cloches qui, à tous, parlaient une langue oubliée.

Le sergent Torquatus posa sa pipe, croisa les bras et ferma les yeux de l'air d'un dilettante qui savoure une symphonie. Puis, comme s'il eût honte de cette faiblesse, il se tourna vers le prisonnier et, d'un ton très radouci :

— Tu es du pays ? demanda-t-il.

— Je suis du Coglès, pas loin...

— Il y a donc encore des curés par chez vous ?

— Les bleus ne sont pas partout : ils n'ont pas passé le Couësnon, et par là, on est libre. Tenez, c'est la cloche de Parigné qui sonne en ce moment ; l'autre, la petite, c'est celle du château de M. du Bois-Guy, et, là-bas, c'est la cloche de Montours. Si le vent donnait, on entendrait d'ici tinter la *Rusarde*, qui est la grosse cloche de Loudéan.

— C'est bon, c'est bon, on ne t'en demande pas tant, interrompit Torquatus, un peu inquiet du silence que gardaient ses hommes.

À ce moment, de tous les points de l'horizon, s'élevaient, dans la nuit, les sonneries des villages lointains : c'était une mélodie douce, chantante, harmonieuse, que le vent enflait ou atténuait tour à tour. Et les soldats, le front baissé, écoutaient : ils pensaient à des choses auxquelles, depuis des années, ils n'avaient pas songé : ils revoyaient l'église de leur village, toute brillante de cierges, la crèche faite de gros rochers moussus où brûlaient des veilleuses rouges et bleues ; ils entendaient monter dans leur souvenir les gais cantiques de Noël, ces airs que tant de générations ont chantés, ces naïfs refrains, vieux comme la France où il est question de bergers, de musettes, d'étoiles, de petits enfants, et qui parlent aussi de concorde, de pardon, d'espérance. Et ces rêveries attendrissaient ces soldats farouches : de même qu'il suffit d'un verre de vin pour griser un homme depuis longtemps à jeun, ils sentaient leurs cœurs se fondre à la bonne chaleur de ces pensées douces dont ils étaient déshabitués.

Torquatus secouait la tête en homme qu'une méditation obsède.

— Comment t'appelles-tu ? demanda-t-il brusquement au chouan.

— Branche d'or.

— Oh ! là là ! quel nom ! s'exclama Pierrot, dont le rire moqueur resta sans écho.

— Silence, fit le sergent. On se nomme comme on peut.

— Branche d'or est un nom de guerre. J'ai bien pris celui de Torquatus, moi !

Les cloches au loin sonnaient toujours : et la voix du sergent, peu à peu, se faisait douce comme s'il eût craint de rompre le charme que cette musique lointaine versait sur la nature endormie.

— Tu as une femme ? fit-il.

Branche d'or serra les lèvres, ses sourcils s'abaissèrent sur ses yeux, son front se plissa : il répondit par un signe de tête affirmatif.

— Et ta mère ? interrogea Pierrot, elle vit encore, ta mère ?

Le chouan ne répondit pas.

— As-tu des enfants ? demanda un troisième.

Un gémissement sortit de la poitrine du prisonnier : à la lueur du foyer on vit des larmes rouler sur ses joues. Les soldats se regardaient, gênés, l'air honteux.

— J'vas le détacher un instant, sergent, insinua Pierrot que l'émotion gagnait.

Torquatus approuva d'un geste ; on délia Branche d'or qui s'assit sur l'herbe, au pied de l'arbre et cacha son visage dans ses mains hâlées.

— Dam ! remarqua le sergent, c'est un vilain Noël qu'ils auront là, sa femme et ses marmots, s'ils apprennent... Ah ! misère ! Quelle sale corvée que la guerre... Dans les temps jadis, voyez-vous, mes enfants, continua-t-il s'adressant à ses hommes, tout le monde, à ces heures-ci, était joyeux et content. Noël c'était la grande liesse et la bonne humeur ; aujourd'hui...

Et, regardant le feu mourant, il ajouta, rêvant tout haut :

— J'ai aussi une femme et des garçons, là-bas, en Lorraine : c'est le pays des arbres de Noël ; on coupe un sapin dans le bois, on le charge de lumière et de jouets... Comme ils riaient, les chers petits ! Comme ils battaient des mains... Ils ne doivent pas être gais, à présent.

— Chez nous, dit un autre, entraîné par ces confidences, on faisait à l'église un grand berceau, avec l'Enfant Jésus dedans et, toute la nuit, on distribuait aux garçons et aux filles des gâteaux et des pièces blanches.

— Dans le Nord, d'où je suis, racontait un troisième, le bonhomme Noël passait dans les rues, avec une longue barbe et un grand manteau, couvert de farine pour représenter la neige, et il frappait aux portes en criant d'une grosse voix : *« Les enfants sont-*

ils couchés ?... » Oh ! comme on avait peur et qu'on était heureux.

Tous ces hommes se laissaient aller à leurs souvenirs : sur leurs cœurs bronzés, ces impressions d'enfance, longtemps oubliées, passaient comme une bienfaisante rosée sur l'herbe sèche ; tous maintenant se taisaient ; les uns restaient le front penché, l'esprit loin dans le passé paisible et doux ; d'autres regardaient le paysan d'un air de commisération, et quand soudain, les cloches de Noël, qui, par deux fois, s'étaient tues, reprirent dans l'éloignement leur chant mélancolique et clair, une sorte d'angoisse passa sur la petite troupe. Le sergent se leva, fit fiévreusement quelques pas en grommelant, regarda ses hommes comme pour les consulter, et, frappant sur l'épaule de Branche d'or :

— Va-t'en, dit-il.

Le chouan leva la tête, ne comprenant pas.

— Va-t'en, sauve-toi... tu es libre.

— Sauve-toi donc, criaient les bleus, sauve-toi... puisque le sergent te l'ordonne.

Branche d'or s'était dressé, ébahi, croyant à quelque cruelle raillerie.

Il dévisagea l'un après l'autre tous les soldats, puis comprenant enfin, il poussa un cri et s'élança dans la forêt.

. . .

Quelques instants plus tard, l'escouade des bleus se remit en marche : et comme ils allaient sous le bois silencieusement, à la file, on entendit tout à coup un gémissement bruyant ; Torquatus se retourna : c'était Pierrot que l'attendrissement étouffait et qui pleurait à gros sanglots en pensant aux noëls d'autrefois, aux sabots garnis de jouets, et à sa vieille maman qui, sans doute, à cette même heure, priait le ci-devant petit Jésus de lui conserver son garçon.

TOMBÉ DU CIEL

Les vieilles d'autrefois n'étaient pas semblables à celles d'aujourd'hui. La comtesse de Cherizet, dont la vénérable et charmante figure surnage parmi mes plus lointains souvenirs, comptait bien quatre-vingts ans lorsque je l'entrevis, étant encore un très jeune enfant. Elle était, à la fois, active et silencieuse, recueillie et enjouée : ses beaux yeux, souvent rieurs, quelquefois graves, se fermaient fréquemment comme si elle eût voulu contempler, sans être distraite par les choses du présent, dans une sorte d'extase attendrie, ses longs jours de bonheur passé. Elle avait la bouche sans dents, mais le front sans rides ; trois rangs de tours en cheveux gris encadraient chacune de ses joues ; ses mains étaient restées fines et blanches, et elle portait, dans toute son allure, cette sérénité indéfinissable des vieilles gens auxquels il est arrivé de grands bonheurs et qui sont certains de rester, jusqu'à leurs derniers jours, les enfants gâtés de la Providence.

Autour d'elle vivait une bande de gamins turbulents, adorés et respectueux, ses petits-fils, dont j'étais le compagnon de jeux et d'études et je me rappelle qu'un jour d'hiver, nous étions tous groupés, au coin du feu, près de l'aïeule, qui tricotait, suivant son habitude, sans lever la tête, toute à son rêve. C'était la veille de Noël : à ces dates-là, quand on est petit, on n'est jamais très brave. L'attente du mystère apporte un frisson d'angoisse délicieuse ; il semble que le ciel est machiné pour la circonstance, que la nuit tombe autrement qu'à l'ordinaire. Le crépuscule est rouge feu ou très sombre : c'est l'heure où le petit Jésus quitte le paradis pour commencer sa rude tournée et, cette fois-là, je regardais fuir le jour triste de décembre, espérant voir passer l'Enfant-Dieu, curieux de savoir par quel bout du monde il entreprendrait son interminable tâche et très apeuré en même temps à l'idée qu'il pouvait entrer, comme cela, tout à coup et me présenter, de la main à la main le tambour, le sabre, les épaulettes et le casque à crinière que je lui avais demandés.

Un « grand, » à qui je confiais ma terreur, haussa les épaules d'un air de supériorité.

— Bête, va ! fit-il.

C'était un esprit fort : je le regardais, stupide, quand la grand'mère, qui paraissait n'écouter pas, jugea opportun le moment d'intervenir :

— Il faut toujours mettre ses souliers dans la cheminée, dit-elle d'un ton qui n'admettait pas de réplique…

— Mais, grand'mère…

— À tout âge, mes petits, vous m'entendez, à tout âge ce qu'on désire tombe du ciel… Moi, j'ai reçu du petit Jésus un mari et une dot.

— Un mari !

— Une dot !

— Par la cheminée !

— Oui, par la cheminée !…

Elle retomba, pendant quelques instants, dans son rêve souriant : elle tricotait avec frénésie, l'esprit envolé, très loin ; et tout à coup, elle posa son ouvrage sur ses genoux, et commença une histoire. Elle nous conta combien son enfance avait été triste : elle avait perdu ses parents pendant la Révolution ; la mère morte en prison ; le père fusillé à Quiberon. Recueillie par une vieille parente émigrée, elle avait ainsi passé toute sa jeunesse à l'étranger ; elle s'était retrouvée seule à Paris, au temps de la Restauration, sans appui, sans ressources ; les biens de sa famille avaient été saisis, la fortune dispersée dans le grand désastre ; il ne lui restait que le vieil hôtel familial, abandonné depuis vingt ans, dévasté, tombant en ruine, inhabitable, bon à abattre et dont la valeur suffirait à peine à payer la modeste dot, nécessaire à la jeune fille pour être reçue dans un couvent où elle pourrait finir ses jours. Elle n'avait, il est vrai, qu'une vocation résignée ; mais que devait-elle espérer de la vie ? Déjà l'hôtel qu'elle habitait était vendu ; les démolisseurs attendaient qu'elle l'eût quitté ; les meubles, depuis quelques jours, étaient partis pour l'encan ; elle ne s'était réservé qu'une chambre, au premier étage, sommairement garnie d'un lit et de quelques chaises ; c'est là qu'elle avait passé l'automne de l'année 1815, dans une solitude et un recueillement semblables à ceux du couvent où elle allait entrer.

La dernière journée qu'elle vécut dans cette noble maison, où elle était née, fut particulièrement pénible. C'était le 24 décembre 1815 ; le lendemain, fête de Noël, elle devait se rendre, dès la première heure, au monastère de la Visitation, rue Saint-Jacques.

Elle errait seule, dans les grandes salles démeublées. Une femme de ménage, qui l'avait servie dans les derniers temps, venait, pour la nuit, coucher dans l'ancienne loge du suisse.

~

— Oui, oui, je m'en souviens bien de cette soirée-là, contait la grand'mère en hochant la tête d'un air réfléchi ; je n'avais pas touché au souper que Tiennette m'avait servi ; elle s'était allée coucher, en bas, dans le corps de logis donnant sur la rue Saint-Dominique et, avant de m'endormir, je voulus revoir une dernière fois cette maison où j'étais née, où mes parents avaient vécu. Une bougie à la main, je parcourais les hautes pièces sonores, pleines d'ombre et de froid, dont les tentures, arrachées et ternes, pendaient comme de gigantesques toiles d'araignée. Au dehors, la rue était silencieuse ; c'était une triste époque.

Quelques jours auparavant avaient été fusillés le maréchal Ney, Labédoyère, bien d'autres ; dans la journée, on avait appris la condamnation de La Valette ; partout, dans Paris, on traquait les fidèles de Napoléon. On ne parlait que de conspirations, de complots, de poursuites, de représailles, et, la nuit venue, le seul bruit qui troublait le silence lourd de la rue était celui du pas rythmé des patrouilles grises, faisant leur ronde.

Bien morose et mélancolique, je fermai enfin les portes et revins à ma chambre – la chambre où s'était passée ma petite enfance heureuse. Je m'apprêtai à m'étendre sur le lit, – mon lit à moi – pour la dernière fois. Onze heures venaient de sonner ; je délaçai mes brodequins, quand, tout à coup, dans la nuit calme, les cloches de Saint-Thomas d'Aquin commencèrent à carillonner en volée ; alors seulement, je songeai à la messe de minuit qu'elles annonçaient et ma pensée se reporta aux Noëls d'autrefois. C'était loin, si loin… Je me revoyais, dans cette même chambre, au temps où ma bonne mère vivait, mettant, le soir, si joyeuse, mes petits souliers dans la cheminée, – une grande cheminée de marbre chantourné, si large et si profonde qu'en se penchant sur l'âtre et en levant les yeux, on apercevait en haut, tout en haut du long conduit velouté de suie, les étoiles du ciel. Cet âtre, aujourd'hui, noir et froid, je le revoyais aux matins radieux des Noëls de jadis, encombré de paquets blancs, coquettement enrubannés, de friandises artistement disposées sur de beaux papiers à collerettes, de poupées roses et blondes, de livres aux reliures rutilantes... Oui, c'était loin ! Quelle divinité protectrice concevrait la pensée, à présent qu'il me manquait tant de choses, de me gratifier d'un peu du superflu des jours heureux ? Je restais là, songeuse, les pieds dans des babouches, mes brodequins à la main, et voilà que, timidement, presque honteuse, je m'approchai de l'âtre et je les disposai sur le foyer : une idée folle, le désir ingénu, ridicule, d'éprouver une dernière fois l'impression d'enfance que jamais, jamais plus, je n'aurais la possibilité de ressentir.

Ah ! qu'ils faisaient triste mine, mes pauvres souliers, sur ce marbre fendu ; ils n'étaient ni coquets, ni neufs ; ils avaient l'air si mélancoliques, si mendiants, si sûrs que, cette nuit-là, il ne leur tomberait rien du ciel !

Je vous atteste, mes petits, que je les regardais sans gaîté, très sotte de mon enfantillage, et le cœur si gros que j'allais me mettre à pleurer, quand un épouvantable fracas me fit sauter, éperdue, à l'extrémité de ma chambre : une détonation de tonnerre, un vacarme semblable à celui d'un tombereau de pavés, versé de haut, sur le parquet ; il me sembla que la maison s'éventrait du haut en bas ; un nuage de poussière âcre remplit la pièce, que je vis aussitôt encombrée d'un tas de plâtres, de moellons noircis, de briques en morceaux, de blocs de suie... Évidemment, la cheminée, sur le toit, venait de s'abattre ; et je reprenais mon sang-froid quand, m'approchant, la bougie à la main, pour juger du dégât, j'aperçus, – j'étais percluse d'épouvante, – deux pieds, deux pieds d'homme, chaussés de bottes boueuses, qui, suspendus dans la cheminée, s'agitaient, désespérément, comme pour chercher un point d'appui qu'ils ne rencontraient pas.

Mon saisissement fut tel que je ne pouvais jeter un cri, ni faire un mouvement : j'étais là médusée, debout derrière une chaise dont je me faisais instinctivement un rempart, et je vis, glacée de peur, les pieds, tâtonnant, descendre peu à peu, toucher les plâtras amoncelés dans l'âtre, éprouver la fermeté de ce sol, s'y poser… puis j'aperçus des jambes, les pans d'une redingote ; un homme qui se pelotonnait, rampa à reculons, sortit dans la chambre et se dressa devant moi, les mains écorchées, le visage noirci. Son premier mouvement fut de s'essuyer en passant sur son front sa manche déchirée… Moi, je regardais, le sang figé, cette apparition terrifiante. L'homme s'ébroua, se frotta les yeux, distingua la bougie, me vit, recula d'un pas, et, joignant les mains :

— La vie, par grâce, sauvez-moi la vie…

Je ne pouvais pas répondre. Il alla jusqu'à la fenêtre, guetta les bruits de la rue, se retourna vers moi, et balbutia, encore tout haletant de sa chute :

— Madame… mon sort est dans vos mains ; je suis poursuivi… je suis malheureux…

Il écouta encore, l'oreille tendue vers la rue.

— Pour Dieu ! répondez-moi un mot... Qui habite cet hôtel ?

— Moi.

— Seule ?

— Seule.

Il me dévisagea anxieusement.

— Oh ! mademoiselle, une heure, une heure de répit, seulement : laissez-moi passer une heure ici – cette heure-là me sauve. – Je suis le comte de Cherizet, un officier de l'Empereur... J'ai conspiré, ou, du moins, on m'accuse... Oui, j'ai conspiré, je vous dis la vérité, pour sauver Ney... Avant-hier, on est venu m'arrêter, j'ai fui... Vous êtes certaine que personne d'autre que vous n'habite cette maison ?...

— Personne.

— Voilà deux nuits que j'erre par les rues ; je pensais, ce soir, gagner un refuge sûr ; j'ai traversé Paris... À l'angle de la rue Taranne, une patrouille... j'ai couru ; mais j'étais dépisté, j'ai sauté un mur, atteint un tuyau de gouttière, j'ai monté sur un toit, je comptais me dissimuler, attendre que les policiers fussent loin... mais j'avais été vu, j'avisai une cheminée, j'imaginai de me cacher dedans et je m'y laissai couler, espérant remonter facilement ; et, en effet, mes pieds rencontrèrent, dans le conduit très large, un relief dans la maçonnerie, une saillie que je jugeai solide et où je pensais me maintenir assez longtemps ; mais la cheminée, sans doute, est de construction ancienne, la saillie de plâtre s'effrita sous mon poids, céda brusquement et je tombai…

Il resta quelques instants silencieux, cherchant à vaincre son émotion, et il ne cessait de me regarder, de ses grands yeux suppliants et inquiets :

— Je suis un homme d'honneur, mademoiselle ; mon dévouement à l'Empereur est mon seul crime… quel que soit le parti auquel vous apparteniez…

Je fis un geste pour lui signifier que cela importait peu…

— Oui, répéta-t-il, mon seul crime.

— Restez.

Il chancela, s'appuya contre la cloison et, d'une voix faible, murmura :

— Merci.

Tout de suite, il se reprit, fit quelques pas dans la chambre, poussa un soupir :

— Je n'en puis plus.

Je lui présentai la chaise : il s'y laissa tomber.

— Par pitié, un peu d'eau, demanda-t-il.

Il passa un linge mouillé sur ses tempes, sur son visage et sur ses mains ; je le regardai faire ; c'était un homme d'une trentaine d'années, à la figure très énergique et très douce ; mais très triste et pâle aussi. Je pris courage et lui adressai la parole :

— Avez-vous faim ?

Il eut un haussement d'épaules découragé.

— Voilà, répondit-il, voilà quarante heures que je n'ai rien pris ; je tombe d'inanition... excusez-moi...

Je sortis de la chambre ; j'avais laissé dans la pièce voisine, sans y toucher, le souper que m'avait préparé Tiennette. J'apportai le plateau dans ma chambre, je le disposai sur un guéridon que je poussai près de mon proscrit, et j'étalai devant lui une serviette blanche. Il y avait du pain, des marrons, des œufs durs, un flacon de vin vieux retrouvé par Tiennette au fond d'un caveau. Le comte avait repris tout son sang-froid ; j'allumai une seconde bougie, et ce luxe inusité donnait à ma chambre un air de fête. À l'église voisine, les cloches se reprirent à sonner allègrement, égrenant, dans la nuit, leurs voix grondantes ou grêles, avec une solennité joyeuse. Mon hôte parut étonné : tous les bruits du dehors l'angoissaient.

— La messe de minuit, fis-je pour le rassurer.

— Ah !

Et comme je l'invitais, du geste, à entamer la collation.

— Alors, dit-il en souriant, vous me conviez au réveillon ?

Et, de fait, nous réveillonnâmes ensemble. Je n'avais plus peur du tout ; l'aventure me semblait toute simple, et, de le voir manger avec un appétit plein d'entrain, cela me donnait une faim !... Les émotions m'avaient creusée et, sur son invite gracieuse, je m'assis en face de lui... Ah ! mes petits, le bon souper ! On causa, d'abord avec quelque gêne, de choses vagues, puis, peu à peu, la conversation prit le ton des demi-confidences. Les choses ont bien changé depuis que ceci s'est passé ; les gens ni les mœurs ne sont plus les mêmes. À mesure qu'il parlait, et qu'il mangeait, il devenait tout autre ; il s'exprimait avec une grande distinction, d'une voix respectueuse, assourdie, presque tendre... Non, certes, ces choses-là n'arrivent plus.

Et l'aïeule, très animée à l'afflux de ses souvenirs, tricotait nerveusement ; sa pensée était bien loin du travail vertigineux de ses aiguilles et un discret sourire amincissait ses lèvres fines.

— J'avais mon plan, continua-t-elle ; quand le comte fut bien réconforté, reposé et manifesta l'intention de partir :

— Suivez-moi sans bruit, lui dis-je.

J'ouvris la fenêtre qui communiquait au balcon s'étendant sur toute la façade de l'hôtel. À l'extrémité de ce balcon, comme c'était d'usage dans les vieilles demeures, se trouvait un escalier de fer, en spirale, qui descendait au jardin. Je le conduisis par là, en traversant la pelouse humide, jusqu'à une petite porte donnant accès à un dédale de ruelles étroites qui s'appelaient, du nom d'un ancien couvent, le passage des Dames-Sainte-Marie. J'ouvris les verrous de la porte, je fis quelques pas dans la ruelle, très déserte et très sombre, je reconnus que personne n'y était aux aguets, que nul danger n'était embusqué là. Je revins au comte.

— Allons, adieu, lui dis-je.

Il me regarda d'un air soumis, un peu attristé peut-être.

— Adieu ? répéta-t-il d'un ton interrogatif.

— Oui, adieu. J'entre demain au couvent.

Il s'inclina profondément ; comme j'étendais la main pour lui indiquer sa route, il la saisit, y posa un baiser si respectueux, si discret, pourtant si tendre et si ému, que moi-même je me sentais un peu troublée… Il s'éloigna brusquement ; j'entendis le bruit de ses pas se perdre dans la ruelle, je restai encore là, un moment, à guetter ; puis je fermai la porte, traversai le jardin et rentrai dans ma chambre où je ne fermai pas l'œil de toute la nuit.

~

Le lendemain matin, avant l'aube, Tiennette entra dans ma chambre, pour allumer le feu, suivant l'habitude, et m'aider à mes préparatifs de départ : je devais être à la Visitation pour l'heure de la grand'-messe. Je me pelotonnais sous mes draps, faisant semblant de dormir, quand j'entendis la brave femme pousser un grand cri.

— Seigneur ! Jésus, mon Dieu ! qu'est-ce que ce déboulis-là ! Et voyez donc, mademoiselle, ces gravois qu'on a vidés dans votre chambre ; mais c'est donc tombé du ciel. En voilà un de désastre… Ce n'est pas Dieu possible que tout cet écroulement se soit abîmé sans que vous l'entendiez !

Je sentais bien qu'il fallait donner une explication, dire quelque chose et je balbutiai, comme sommeillant encore :

— Sans doute, j'ai entendu ; mais pas grand bruit ; un coup de vent, peut-être, sur une cheminée lézardée.

Mais Tiennette, se souciant peu de mes observations, continuait à se lamenter et à geindre sur la poussière et la suie du parquet, sur l'impossibilité d'allumer son feu, sur les vieilles maisons qu'on s'obstine à habiter jusqu'au jour où elles s'écroulent sur votre tête. Et, tout en bougonnant, elle avait pris un balai, et cherchait à repousser dans l'âtre les plâtras.

— En voilà-t-il, en voilà-t-il du moellon, et gras de suie, et salissant ! Et les souliers de mademoiselle qui sont pris là-dessous. Mais qui est-ce qui a donc fourré vos souliers là, mademoiselle ?

Il fallait répondre.

— Oui, oui, je sais, c'est exprès.

— Et dans quel état ! Ils ne sont plus mettables ; en voilà un qui est plein de suie ; – et celui-là, mon Dieu, tout cassé, sous une pierre... Oh ! quelle pierre ! Mais qu'est-ce que c'est donc ? Comme c'est lourd... que c'est lourd !...

De mon lit, je la suivais du coin de l'œil et je la vis essayer de soulever, sans y parvenir, une masse poudreuse, enduite de plâtre noirci. Tiennette restait tout ébahie.

— Mais qu'est-ce que c'est que ça ?

— Quoi donc, Tiennette ?

— Et ça pèse ; c'est du plomb... sûr que c'est du plomb, ou du fer... un coffre, qu'on dirait... et sur les souliers de mademoiselle, il y en a un qui est tout écrasé.

Intriguée, je passai un peignoir, j'allai à elle ; c'était bien un coffret, en effet, qu'elle essuyait à l'aide de son tablier ; un coffret tombé de la cheminée avec les plâtras ; sans doute, il avait été muré dans ce massif qui s'était écroulé sous le poids du comte et c'était sa chute qui avait entraîné celle du fugitif.

Tiennette, tout en frottant le coffret, s'extasiait.

— Ça a été mis là, voyez-vous, du temps de la Révolution... les vieilles maisons, c'est plein de trésors cachés... Oh ! mademoiselle, si c'était de l'or ?...

Nos efforts réunis parvenaient à peine à remuer le coffret. Je ne m'expliquais pas comment une si petite cassette – elle n'était guère plus haute que la main et longue, à peu près, comme l'avant-bras – comment une si petite cassette pût atteindre un poids aussi considérable. Et puis, comment l'ouvrir ? Pas de clef ; la serrure, d'ailleurs, était obstruée de plâtre sec ; mais les goupilles des charnières étaient rouillées ; nous parvînmes à faire sauter l'une d'elles, puis l'autre ; cela nous prit une heure de peine. Enfin, le coffre s'ouvrit : il était rempli de piles de louis, entassées et alignées ; je regardais, stupéfaite, cet amoncellement de pièces à l'effigie des deux derniers rois.

Tiennette, ébahie, comptait, poussant des exclamations, expliquant :

— C'est votre père, mademoiselle, c'est votre père qui a caché là cette fortune !

Et elle continuait à compter, ardente, les yeux en flammes, grisée ; jusqu'à ce qu'elle se perdit dans ses additions, sans cesse recommencées. Je vous dirai tout de suite, mes petits, que le coffre contenait cent cinquante rouleaux de cent louis – trois cent mille francs ! Moi, je demeurai, agenouillée près de Tiennette, les bras ballants, toute sotte et comme honteuse de voir tant d'or. Je restai là jusqu'à ce que les cloches, joyeuses, s'ébranlant de nouveau, carillonnèrent en volée la messe de l'aurore… Alors, je fus prise d'une émotion subite : mes nerfs tendus s'amollirent, je pleurai, je pleurai sans pouvoir m'arrêter, tandis que Tiennette sanglotait aussi, disant :

— Ah ! Mademoiselle, le petit Jésus… pour sûr, c'est le petit Jésus !

Et jamais, tant qu'elle vécut, on ne put ôter de l'esprit de la brave servante que, cette nuit-là, le petit Jésus était venu m'apporter une dot, pour que je n'entre pas au couvent.

∼

Et, de fait, je ne passai qu'un mois, par déférence, à la Visitation. Le bruit du « miracle » s'était répandu : Mme la duchesse d'Angoulême voulut me l'entendre raconter ; je le fis, bien entendu, sans dire un mot du proscrit, héros de l'aventure ; la chute du coffret n'avait, dans mon récit, d'autre cause que la vétusté d'une cheminée. La triste et bonne princesse m'attacha à sa maison et je pris domicile près d'elle aux Tuileries.

Un an s'était écoulé ; on se retrouvait à la veille de Noël et, suivant l'étiquette de la cour, nous avions, ce soir du 24 décembre 1816, accompagné Madame chez son oncle, le roi Louis XVIII. On y passa la soirée. Sa Majesté, qui adorait les histoires et qui venait d'en conter joyeusement plusieurs à ses familiers, se tourna soudain vers moi.

— Et vous, mademoiselle, fit-il un peu ironique, ne m'a-t-on pas dit qu'une fortune était tombée du ciel, un soir de Noël, dans vos souliers ?... Allons, c'est le jour, contez-nous ça.

J'avais grand'peur ; pourtant, devant l'ordre du roi, il fallait m'exécuter ; je me mis à parler, sans trop savoir, d'abord, ce que je disais... Jamais je n'avais nommé le comte de Cherizet, mais en ce moment-là, trop troublée pour faire preuve d'imagination, je racontai l'histoire, telle qu'elle était advenue. Quel danger, d'ailleurs ? Un an s'était passé ; les passions politiques étaient amorties. On ne parlait plus ni de conspirations, ni de représailles... Pourtant, par prudence, je ne fis mention que *d'un inconnu*, dont j'avais toujours ignoré le nom et la situation sociale. Tous les yeux étaient fixés sur moi, je me sentais rougir, je perdais la tête, je balbutiais. Le roi, malicieusement, m'arrêtait à chaque invraisemblance, me pressait de questions, et quand j'eus fini :

— Et ce bel inconnu, interrogea-t-il, en clignant de l'œil, il n'a pas dit son nom ? On ne l'a pas revu ? Bien sûr ? C'était peut-être un voleur, ajouta-t-il en changeant de ton.

Alors, un peu piquée, je pris le parti de tout dire.

— On ne l'a pas revu, non, sire, répliquai-je en faisant ma grande révérence ; mais ce n'était pas un voleur. Son nom était le comte de Cherizet.

— Le comte de Cherizet !

Il resta songeur et son front se plissa.

Durant toute la soirée sa préoccupation fut manifeste. Il cessa de prendre part à la conversation et s'entretint longuement, à voix basse, avec M. le duc Decazes qui était, à cette époque, ministre de la police.

Le roi semblait exiger du ministre une décision que celui-ci avait quelque peine à accorder.

Le lendemain, à dix heures, quand la cour entra chez le roi pour l'accompagner jusqu'à la chapelle, où devait être chantée la grand'messe de Noël, le cabinet de Sa Majesté était encombré comme aux jours de fête.

Louis XVIII baisa sa nièce au front et lui offrit, comme cadeau de Noël, une croix en brillants qui avait appartenu à la reine Marie-Antoinette.

Il distribua aux dames quelques menus souvenirs. Déjà les officiers prenaient leur rang pour la marche à travers les galeries quand le roi fit un signe de la main.

— Attendez, ordonna-t-il.

Je sentis son regard fixé sur moi.

— Messieurs, dit-il aux gentilshommes massés autour de lui, écartez-vous un peu pour que mademoiselle voie ce qui lui tombe, cette fois, du ciel, pour son Noël.

Les courtisans obéirent ; je levai les yeux, et, debout, en face de moi, j'aperçus… oh ! cette fois, malgré la majesté du lieu, je ne pus retenir un cri :

— Le comte !… Le comte de Cherizet !…

— Oui, mademoiselle, fit le roi, souriant, M. le comte de Cherizet qui, arrêté il y a un an, au sortir de votre hôtel, était, jusque hier soir, gardé au secret à la prison de l'Abbaye et que le bonhomme Noël est allé prendre là, cette nuit, pour le laisser tomber dans ma cheminée avec, en poche, un brevet de colonel… dans ma garde, monsieur, ajouta-t-il en tendant la main au comte qui s'en saisit et la baisa tout ému…

La vieille dame, les larmes aux yeux, arrêta là son récit.

Elle attira vers elle ses petits-enfants, qui écoutaient, bouche bée, la belle histoire, et, fermant les yeux, comme pour concentrer en elle la vision ravie de ses souvenirs.

— C'était votre grand-père, mes petits.

UN RÉVEILLON CHEZ CAMBACÉRÈS

Dans le petit salon de l'hôtel de la rue de l'Université qu'habitait Cambacérès depuis qu'il avait quitté le palais de l'Archichancellerie, se trouvaient groupés le 24 décembre 1814 quelques-uns des rares amis de l'ancien consul, de ceux que Cambacérès appelait ses *fidèles*. Presque chaque soir le même cercle se formait là : épaves de la politique, anciens ministres gardant l'amer regret de leur puissance passée ; conseillers d'État sans emplois, sénateurs en disponibilité, tous ressassant l'éternel *ah ! si on avait su !* tous mettant en commun l'aigreur de leurs rancunes et de leurs ambitions déçues.

Ce soir-là, autour de l'ex-archichancelier, se trouvaient réunis Rœderer, le comte Dubois-Dubay, Fabre de l'Aude, Réal, le marquis de Lamothe-Langon, Fouché l'ex-duc d'Otrante, d'autres encore, vieillis, cassés, portant au coin des lèvres ce pli que laisse la désillusion ; surpris, depuis que le silence s'était fait autour d'eux, du peu de place qu'ils tenaient dans le monde, comprenant l'inanité de leurs luttes et le vide de leur existence.

Dans le salon peu éclairé, rangés autour de la vaste cheminée où brûlaient d'énormes bûches que tisonnait, les yeux vagues, le duc d'Otrante, ils se taisaient, tout à leurs pensées et à leurs souvenirs.

Au dehors, dans la rue silencieuse, on n'entendait, de temps à autre, que le bruit sourd d'une voiture roulant sur la neige : loin, au delà des maisons, s'élevait dans la nuit la symphonie de toutes les cloches de la ville, parmi lesquelles se distinguait nettement le timbre grave du bourdon de Notre-Dame ; aucun de ceux qui étaient là ne s'y trompa ; ils l'avaient si souvent entendu, en tant de circonstances : *Te Deum* de victoires, sacre du Maître, baptême de l'enfant impérial, alors que, fêtés et arrogants, ils paradaient couverts de manteaux de cour et de grands cordons. Le rythme solennel de la merveilleuse cloche éveillait en eux mille souvenirs... Le duc d'Otrante en semblait exaspéré ; il mordait ses lèvres minces et passait sa rage sur les bûches du foyer, qu'il repoussait à grands coups de tisonnier.

Tout à coup il releva la tête.

— Qu'y a-t-il donc ? interrogea-t-il.

— C'est Noël, répondit une voix.

— Ah ! dit froidement Fouché.

Et le silence se fit de nouveau. Maintenant, ils songeaient à leur enfance lointaine, aux jours clairs d'avant la Révolution, à leurs croyances depuis si longtemps oubliées, à la naïveté de leur foi, jadis, lorsqu'ils croyaient encore au petit Jésus quittant sa crèche pour faire largesse de jouets... Sottises ! Superstition ! Puis ils se revoyaient abolissant le culte, fêtant la déesse Raison, escortant Robespierre à l'autel de l'Être suprême, s'agenouillant devant le Pape pour plaire à l'Empereur, sceptiques, philosophes, athées au fond, mais agacés par la voix solennelle de ces cloches, qu'aux jours de la Terreur ils avaient condamnées à la fonte et qui leur survivaient pourtant.

— Bah ! grommela Réal comme se répondant à lui-même, c'est là un moyen de gouverner les hommes, stupide à coup sûr, mais plus efficace que tous les autres.

— Ça passera vite, ajouta Fabre ; dans vingt ans d'ici toutes ces superstitions seront allées rejoindre les autres ; nous avons appris au monde comment on fabrique Dieu et comment on le renverse. Qui est-ce qui croit aujourd'hui aux sorciers ?...

— Moi, fit Cambacérès.

— Vous croyez aux sorciers, vous ?

— J'en ai connu un !

— Ma foi, prince, s'exclama Rœderer, vous allez nous dire cette histoire, il y a longtemps que je n'ai entendu un conte de fées.

Cambacérès se leva et vint s'adosser à la cheminée, ainsi qu'il en avait l'habitude, lorsque, au milieu de ce cercle d'intimes, il se laissait aller à ses souvenirs. D'ailleurs, il parlait volontiers, narrant bien et se sachant écouté.

— Eh ! messieurs, ce n'est pas un conte ! fit-il... Tous, sans doute, vous avez entendu parler de ce personnage singulier, qui, vers 1760, s'en vint d'Allemagne à la cour de Louis XV où il fut présenté par le maréchal de Richelieu qui l'avait rencontré dans un de ses voyages. Cet être étrange, qui semblait avoir au plus quarante ans, se vantait d'être contemporain de Sésostris : il disait avoir vécu successivement dans l'intimité de Clovis, de Barberousse, de Mahomet et de François Ier, et donnait sur eux des détails si précis qu'il mettait en défaut les plus savants historiens. Bref, au lieu de se rajeunir, comme nous en avons tous la faiblesse, il se donnait près de deux mille ans, assurant qu'il connaissait le secret de ne pas vieillir.

— C'était le comte de Saint-Germain... un charlatan, interrompit Fabre.

— Toujours est-il, poursuivit Cambacérès, qu'il possédait – et ceci est certain, – le secret de fabriquer le diamant : Louis XV le pria d'en faire devant lui l'expérience qui réussit à souhait ; Saint-Germain était donc riche à millions et son luxe, ses manières fantastiques, le mystère dont s'entourait son existence, firent la fable de la société parisienne, tant que dura le règne de Mme de Pompadour.

— C'était un vulgaire farceur, fit Rœderer ; cet homme soi-disant immortel était un simple espion aux gages du roi de Prusse : il est mort très prosaïquement, dans le duché de Hesse, en 1780. C'est prouvé.

— Eh bien ! moi, je l'ai vu, de mes yeux vu, continua l'ex-archichancelier, sans répondre à l'interrupteur.

— En quelle année ?

— En 1796. Sans emploi à cette époque, ruiné par la Révolution, je ne me décidai pas à quitter Paris. Je me fis donc inscrire au barreau et j'ouvris un cabinet de consultations : peu à peu les clients abondèrent et je me fis une réputation comme avocat. Un jour, j'entends sonner ; ma femme de ménage va ouvrir la porte ; un personnage se présente... un personnage, entendez-vous ; je ne peux me résoudre à dire un homme, tant sa physionomie était imposante. Ses vêtements étaient de bon goût ; il portait de merveilleux diamants à ses doigts, à son col de chemise, aux boutons des manches. Ce personnage s'annonça comme Suédois : on avait voulu, disait-il, abuser à Paris de son peu d'expérience des affaires, il voulait me consulter au sujet d'un procès qu'il intentait à un fournisseur : nous causons ; il était beau parleur ; une sorte d'intimité s'établit entre nous, si l'on peut donner ce nom à des visites qu'il multiplie sous prétexte de ses affaires et qu'il ne me permet jamais de lui rendre car il ne me désigne pas le lieu où il loge.

Certain soir, c'était précisément la veille de Noël, et c'est cette coïncidence qui éveille en mon esprit ce souvenir, la conversation de mon étrange ami avait pris un tour assez mystique ; il me parlait de Paracelse et d'Averrhoës en homme versé dans la magie et le cabalisme. Comme je le plaisantais à ce sujet :

— « Ne riez pas, maître Cambacérès, me dit-il, encore un peu de temps et vous parviendrez, par votre seul mérite, à une élévation, à laquelle en France aucun particulier avant vous ne sera monté. Les anciens chanceliers du royaume, en certaines circonstances, présidaient un conseil où siégeaient les princes du sang : vous, sans être monarque, présiderez un conseil de rois et cela, non pas une fois en passant, mais pendant plusieurs années. Vous ne mourrez pas dans cette place brillante... » Ce qu'il ajouta importe peu, reprit Cambacérès après un moment de silence et en passant la main sur son front. Lorsque je fus nommé second consul et plus tard archichancelier, les paroles de l'étranger prirent pour moi leur sens véritable : je fis tous mes efforts pour le retrouver ; je mis en mouvement la police de toute l'Europe... sans résultat. Je l'aurais certainement oublié si, vers 1807, entrant dans le salon de la vieille Mme de Coigny, mes regards n'avaient été attirés par un portrait d'homme dont la vue me causa une impression indicible... C'était lui, c'était son regard clair, son sourire narquois, son front inspiré, son teint pâle. Mme de Coigny que j'interrogeai m'apprit qu'elle possédait ce tableau depuis plus de quarante ans. — « Et il représente ? demandai-je. — Un fou, répondit-elle ; un fou qui a fait l'amusement de notre jeunesse et qui s'appelait le comte de Saint-Germain ! »

— Bravo, s'écria Lamothe-Langon lorsque Cambacérès eut terminé son récit. C'est un conte de Noël auquel rien ne manque ; pas même le petit frisson de terreur indispensable... Prince, je suis certain que si, pour retrouver votre homme, vous vous étiez adressé à M. le duc d'Otrante, vos recherches auraient eu meilleur succès.

— À moi ? qui vous fait parler ainsi ? dit Fouché en relevant la tête, qu'il tenait depuis quelques instants appuyée sur sa main.

— Dame ! n'êtes-vous pas, monsieur le duc, le grand éclaireur d'intrigues, le plus clairvoyant, le moins *dupable* des hommes ? mais qu'avez-vous ? L'histoire du comte de Saint-Germain vous a-t-elle impressionné au point... ?

Tous les yeux se tournèrent vers Fouché ; il était en effet d'une pâleur de marbre ; ses regards errèrent un moment sur les assistants, puis, il haussa les épaules et reprit sa pose méditative.

— Laissez-moi, fit-il ; Réal parlera s'il le juge convenable.

Réal, autre policier de génie, ne semblait pas plus à son aise. Il fit signe qu'il ne voulait rien dire.

— Monsieur le comte, reprit Cambacérès, jamais je n'ai tant regretté de n'être plus le second de l'Empire ; jadis j'eusse pu vous intimer l'ordre de nous instruire de ce que vous semblez savoir : aujourd'hui je ne puis que vous en prier... et je vous en prie avec instance.

— Puisque Votre Altesse l'exige, fit Réal, je ne puis m'obstiner dans mon refus ; mais, tout d'abord, détrompez-vous : M. le duc d'Otrante et moi avons passé dix ans et mis sur les dents vingt policiers à chercher vainement l'homme dont vous nous avez parlé… et nous n'avons pu le retrouver.

— Il vous était donc apparu une fois ?

— Non pas à moi, mais… à une autre personne…

— Et cette personne ?

— C'était l'Empereur.

— L'Empereur avait vu le comte de Saint-Germain ?… Aux Tuileries ?

— Non pas ; en Égypte, alors qu'il n'était encore que le général Bonaparte. Vous savez qu'en arrivant devant les Pyramides, il ordonna qu'on descellât la pierre qui fermait ce gigantesque tombeau des Pharaons, et il voulut pénétrer seul dans l'intérieur du monument. Au fond d'une salle sombre, derrière un sarcophage de granit, un homme se dressa devant lui…

— Je l'attendais, interrompit Rœderer, c'était Saint-Germain !…

— Oh ! ne plaisantez pas, poursuivit gravement Réal : c'était Saint-Germain, en effet ; et ce qu'il prédit à Bonaparte faisait encore trembler, dix ans plus tard, cet homme qui ne tremblait pas facilement. Que se passa-t-il entre ces deux êtres extraordinaires ? j'ignore les détails de leur entrevue ; je sais seulement, parce que l'Empereur me l'a répété maintes fois, que Saint-Germain lui prophétisa une destinée surhumaine, la conquête de l'Europe, le trône d'Occident, toutes choses qui se sont depuis réalisées. « Mais, ajouta le thaumaturge, *Gardez-vous de Moscou !* »

— De Moscou ? irai-je donc ?

— Oui.

— En maître ?

Saint-Germain hésita et répondit : « En maître ! »

— Alors, reprit le conquérant, le monde sera donc à moi ?

— Oui ; mais toi, tu seras à Dieu. L'incroyable fortune qui t'attend serait un intolérable supplice si le dénouement de ton épopée t'était révélé… Va, accomplis ton œuvre… *Mais garde-toi de Moscou !*

Ces paroles fatidiques s'étaient si nettement gravées dans la mémoire de Napoléon, que bien souvent il me les répéta dans les termes mêmes que je viens de vous redire. Dès qu'il fut au pouvoir, il ne négligea rien pour savoir quel pouvait être l'homme qui lui avait dévoilé l'avenir. Tout fut inutile. Nous n'apprîmes rien. Mais qui dira l'influence qu'une telle entrevue a pu avoir sur le sort de la France ? Qui sait si cette prédiction n'a point donné à Bonaparte l'audace et la confiance en soi ? nul n'était plus superstitieux que lui ; sa croyance en son étoile, ce fatalisme, ce mépris de la mort… tout cela ne semble-t-il pas indiquer qu'il marchait, à coup sûr, dans une voie toute droite, vers un avenir dévoilé… jusqu'à ce fatal Moscou, qui le fascinait, qui l'attirait, qu'il voulait conquérir et dompter, comme désireux d'échapper à l'oracle ?...

— Que croire ? murmura Cambacérès d'un ton rêveur.

— Oui, que croire ? répéta Réal.

Le silence se fit dans le salon ; chacun rêvait aux grands problèmes ; et, dans le lointain, à toute volée, les cloches de Noël répondaient, joyeuses, incomprises pourtant de ces hommes dont l'égoïste ambition avait desséché le cœur et dévoyé l'intelligence.

LE NOËL DE FOUQUIER-TINVILLE

Quand, au temps de la Terreur, un passant devait, la nuit, longer le quai de l'Horloge, au pied des murs du Palais de Justice, il hâtait le pas, et, d'instinct, se gardait bien de lever la tête.

Il y avait, à l'une des fenêtres voisines des tours de la Conciergerie, une lueur qui brûlait du crépuscule à l'aube et dont l'aspect, d'aussi loin qu'on pouvait la voir, faisait frissonner de peur tous les Parisiens.

Cette lueur éclairait la cellule où, jour et nuit, travaillait Antoine-Quentin Fouquier-Tinville, l'accusateur public, le magistrat redouté qui fournissait au tribunal révolutionnaire sa ration obligatoire d'accusés et à l'échafaud sa pâture quotidienne de têtes.

La vie de cet homme, dont le nom tragique pesait sur Paris comme jadis le glaive légendaire sur la tête de Damoclès, était un labeur écrasant. Il dormait trois ou quatre heures par jour, rarement davantage. Vingt heures durant, il préparait la besogne de la machine de mort, travail colossal dont il ne laissait le soin à personne. La masse énorme des dossiers du tribunal est aujourd'hui aux Archives nationales ; six cents cartons bourrés de papiers : enquêtes, réquisitoires, dépositions, pièces saisies, actes d'accusation, rapports, dénonciations, interrogatoires… tout a passé par les mains de Fouquier ; sur chaque feuillet se retrouve l'estafilade sinistre de son crayon rouge et le terrible *hic* qu'il traçait en marge, là où il prévoyait une question concluante ; ce *hic* indique la chausse-trappe, le piège où bien des malheureux, luttant pour la vie, ont trébuché.

Fouquier peinait « comme un bœuf sur son sillon. » Il comprenait qu'il personnifiait l'épouvante, que la Terreur s'incarnait en lui ; il fermait les yeux pour ne pas reculer. — « Quand on a mis un pied dans le crime, disait-il, il faut bien s'y enfoncer tout à fait. » Comme Macbeth, il avait mesuré qu'il aurait autant à marcher dans le sang pour rebrousser chemin que pour gagner l'autre bord, et il continuait d'avancer. Quand il craignait de faiblir, il s'enivrait. Lorsqu'il avait bu, il prenait goût à son métier, s'y complaisait, raillait les moribonds qu'il envoyait au bourreau, allait les voir mettre sur la charrette, puis il remontait pour suivre son effroyable travail. Il était ivre le soir où, revenant des Tuileries et passant sur le pont au Change, il saisit son compagnon par le bras et, lui montrant la Seine, dit : — « Vois qu'elle est rouge ! » Il ne cachait pas que « des ombres le poursuivaient et qu'il ne savait comment cela se terminerait. »

L'autre face de cette effrayante figure n'est pas moins troublante : il était père, il adorait ses petits enfants, – dont deux jumeaux, – nés au Palais de Justice, et tout babys encore à l'époque de la Terreur. Les sentences de mort rendues, la besogne expédiée, Fouquier rentrait chez lui, prenait ses petits sur ses genoux, causait amoureusement avec sa jeune femme. Dans l'alcôve où se trouvait le lit conjugal, il laissait à la muraille une image religieuse à laquelle sa compagne tenait. Quand sa dernière fille mourut, on trouva chez elle une médaille de la Vierge enveloppée d'un papier où étaient écrits ces mots : — « Il l'avait au cou lorsqu'il fit condamner la veuve Capet ! » Qui jamais sondera les replis de ces âmes torturées ? D'ailleurs, le malheureux se savait l'objet de l'exécration universelle. Il n'ignorait pas que son nom inspirait l'horreur… « Je ne trouverais dans aucun pays un pouce de terre pour y poser ma tête, » écrivait-il. Et, une autre fois, il ajoutait, amèrement :

— « J'étais donc né pour le malheur ! »

∼

En ce temps-là, les galeries du Palais-Royal concentraient toute la vie joyeuse de Paris. Sous les péristyles, le long des interminables portiques de pierre, dans les taudis de planches boueuses encombrés de brocanteurs et qu'on appelait *le Camp des Tartares*, c'est, dès l'après-midi, quotidiennement, une déambulation permanente : les femmes parées, les nouvellistes, les étrangers, les oisifs, les auteurs en vogue, et aussi ces milliers de gens qui, à toute époque, vivent des miettes de Paris, tous, formant foule compacte et flâneuse, circulent, à petits pas, pour voir et pour être vus.

Du fond des boutiques sortent des appels joyeux ; des sous-sols s'exhale l'odeur des rôtisseries ; d'un couloir étroit parvient une bouffée de musique ; les aboyeurs annoncent un spectacle installé dans quelque entresol, exigu comme une mansarde ; les raccrocheurs *amorcent* pour les maisons de jeux ; à tous les étages de l'énorme caravansérail, depuis les caves jusqu'aux toits, on s'amuse, on rit, on se querelle, on cuisine, on joue, on conspire, on vit d'une vie intense, bruyante, fiévreuse. Le Palais-Royal est une cuve toujours en ébullition où se déverse irrésistiblement la ville immense, ardente au plaisir, assoiffée de lucre, ou simplement badaude de la joie d'autrui.

La veille de Noël de 1793, Fouquier-Tinville entra dans cette fournaise. Sa figure n'était connue que des assidus au tribunal révolutionnaire. Jamais on ne le voyait dans un endroit de plaisir. À quel spectacle se serait-il plu ? En quel lieu public son nom murmuré n'eût-il pas fait le vide autour de lui ? Quel drame irait-il voir, d'ailleurs ? En représente-t-on de plus terrifiant que celui qu'il joue chaque jour ? Et il marche, le chapeau sur les yeux, à travers la foule, l'air inquiet, un tic nerveux crispant sa joue gauche, et sentant peser sur lui la terreur et la haine du monde entier.

Que vient-il faire là ? Peut-être, sortant des Tuileries, où, le soir, il va prendre les ordres des comités, est-il entré, happé par l'invincible attrait du mouvement et du bruit ? Oiseau de nuit descendu de sa tour, il est attiré par ce qui brille et, sous les galeries étincelantes, cet homme de mort se glisse, étonné de se mêler à des vivants et de coudoyer de la joie.

C'était, comme on l'a dit, la nuit de Noël ; et quoique la Révolution eût supprimé, officiellement du moins, la messe de minuit et le réveillon, une tradition, vieille de tant de siècles, exigeait qu'on fît ripaille ; les broches tournaient, les boudins rissolaient, les mines étaient en fête, et les galeries regorgeaient de gens résolus à se réjouir et à se gaver.

À l'une des arcades voisine du fameux 113, un aboyeur glapit :

— Entrez, entrez, petits et grands, au théâtre du citoyen Séraphin ! Vous y verrez les ombres chinoises, animées, articulées et impalpables ! Le citoyen Séraphin représentera, ce soir, *le Pont cassé* qui sera suivi du drame patriotique de *la Belle et la Bête*. Entrez ! On commence, c'est l'instant de prendre ses places...

L'aboyeur parcourait la galerie, clamant son annonce. Sous la porte étroite du petit théâtre que désignait une grosse lanterne carrée garnie de silhouettes engageantes, des enfants accompagnés, qui de leurs parents, qui d'une gouvernante ou d'un domestique, – on disait alors *un officieux* – se pressaient contre le guichet du minuscule théâtre, serrant leurs têtes blondes, s'entassant, ravis, avec des yeux d'avance extasiés. Le théâtre des ombres chinoises, que Séraphin avait naguère fondé à Versailles, était, depuis quelques années, installé au Palais-Royal, où sa vogue était sans rivale. Tous les enfants de Paris rêvaient de ce spectacle magique, et, chaque soir, la petite salle était si régulièrement envahie par une assistance de fillettes en jupes courtes, de garçonnets aux jambes nues, voire de marmots à peine sortis du maillot qu'on l'avait plaisamment nommée le *Théâtre des vrais Sans-Culottes*.

Au moment précis où la barrière s'ouvrait et où le flot de bambins s'engouffrait dans le théâtre, Fouquier-Tinville tournait l'angle de la galerie. Devant ce moutonnement de fronts joyeux, devant ce trépignement de tous ces petits êtres angoissés du plaisir mystérieux qui les attend, le passant sinistre s'arrêta. Depuis une heure qu'il rôdait sous les galeries, une lueur s'était allumée dans son âme sombre. Noël ! C'était Noël !… Quel homme peut se targuer que ce mot n'évoque pas en son esprit quelque fantôme ? Il est si rayonnant de la poésie du passé, si plein des croyances qui berçaient la misère de nos pères, qu'il semble apporter à chacun de nous quelque senteur lointaine, une bouffée de parfum sain et frais qui repose des relents de la vie.

Et, sans doute, Fouquier-Tinville songeait. Lui aussi avait été un bambin comme ceux-ci ; il avait eu des années heureuses, d'espérances, de foi enfantine et naïve. Il avait connu des Noëls joyeux. Il y a des heures où tout homme, fût-il le plus flétri et le plus déchu, revoit, comme à travers la buée d'un rêve, l'endroit où il a vécu enfant, la chambre bien close, le jardin en fleurs ; où il entend, assourdis, des bruits jadis familiers, un timbre d'horloge, les cloches d'autrefois, le son d'une voix aimée...

∽

Fouquier, le chapeau rabattu sur le visage, s'approcha du guichet, prit un billet et entra au théâtre Séraphin.

Il se plaça au dernier rang, sur une banquette, dans un coin. Il se trouvait bien là ; l'obscurité était complète et, dans cette nuit opaque, sûr que sa présence ne pouvait être soupçonnée, il entendait frétiller autour de lui tous les enfants entassés, n'osant élever la voix, à cause du noir, mais frémissants d'impatience, de bonheur, de curiosité et de peur.

Un orgue joua l'air de *Marlborough* – et toutes les petites mains, d'enthousiasme, applaudirent. Puis un grand carré lumineux se dessina dans l'ombre et, tout aussitôt, un silence se fit, un silence religieux, absolu, que troublait à peine le souffle de toutes les petites bouches haletantes qu'on devinait béantes d'une admiration déjà acquise.

Les trois coups sont frappés et, derrière le cadre lumineux, s'élève une voix, – la voix de Séraphin ! – annonçant le début du spectacle.

— Citoyens et citoyennes, nous allons avoir l'honneur de représenter devant vous le drame du *Pont cassé*. Attention au premier tableau... Il vous représente le moulin Joli, à gauche ; au milieu du théâtre se trouve le pont de pierre qui va être le sujet de la pièce… À droite, barbote une bande de canards… Ces volatiles, comme vous le savez, citoyens et citoyennes, sont amphibies, c'est-à-dire qu'ils vivent aussi à leur aise dans l'eau que sur terre…

Tel débutait, intégralement noté, le texte de cette farce, vieille comme la France et dont la naïve intrigue a passionné et fait rire tant de générations. Séraphin avait adapté habilement cet antique scénario au cadre de ses ombres chinoises ; à peine avait-il parlé que l'on vit, sur le transparent lumineux, se mouvoir, en silhouettes finement profilées, la bande des canards ; ils s'avancèrent, formant cortège, agitant la queue, lissant leurs plumes ; les uns plongeaient, d'autres battaient des ailes, et le mécanisme de ces découpures était si ingénieusement agencé, qu'on voyait l'eau jaillir et les roseaux se courber. Et la roue du moulin tournait, et la barque de Lucas se balançait près de la rive, et dans la salle c'était un bonheur, un enthousiasme, des battements de mains… Les enfants, tassés sur les banquettes, trépignaient d'admiration et de contentement aux péripéties du drame et, quand on vit les pierres du pont crouler à l'eau sous les coups de pioche de Lucas, quand le père Nicou héla le passeur récalcitrant, toutes les petites voix de l'assistance reprirent allègrement en chœur le fameux couplet :

> *Les canards l'ont bien passé,*
> *Tire lire, lire…*

La joie des petits gagnait « les grandes personnes ; » il y avait là des hommes graves, des mamans, des « officieuses » qui semblaient s'amuser pour leur propre compte. Le vieux sergent de l'ancienne garde française, chargé du bon ordre de la salle, et qui, pourtant, assistait deux fois par soirée au spectacle, paraissait singulièrement ravi. Fouquier-Tinville lui-même, tapi sur la dernière banquette, s'était déridé, stupéfait d'apprendre que, dans cette ville qu'il terrorisait, où il ne fréquentait jamais qu'avec la haine, la peur ou la mort, il y avait encore place pour tant de rires et tant de joie.

Il y eut un entr'acte. On ralluma les chandelles et Séraphin, en personne, sortant du théâtre, parut dans la salle : il avait pour habitude de faire, à la façon des baladins de l'ancienne foire, une quête « parmi l'honorable société, » et ce n'était point là le moindre attrait de la représentation. Des regards d'extase suivaient cet homme au nom céleste, encore qu'il fût bossu et contrefait, tandis que, de sa jambe torse, il escaladait les banquettes, secouant sa sébile. Les yeux émerveillés ne perdaient pas un de ses mouvements et c'est avec un mélange de crainte superstitieuse et d'admiration passionnée que les bambins lui présentaient le gros sou de bronze bien serré dans leurs petites mains.

Fouquier s'aperçut alors que, devant lui, se trouvaient deux fillettes de dix à douze ans, en compagnie d'une gouvernante. Seules, ces deux enfants paraissaient ne prendre aucune part à l'entrain communicatif de l'assistance. Serrées contre leur compagne, elles gardaient un air apeuré et mélancolique qui contrastait péniblement avec l'unanime gaîté du public. La gouvernante s'efforçait à les distraire, leur répétant les bons mots de Séraphin, les commentant, mais en vain. Les deux fillettes restaient moroses et de leurs grands yeux cernés suivaient, sans un sourire, les incidents du spectacle.

Quand le rideau, de nouveau, se leva sur « les feux pyrrhiques, » les battements de mains et les acclamations recommencèrent, et Fouquier remarqua que ses deux petites voisines demeuraient seules silencieuses et préoccupées. Puis, ce fut l'intermède fameux, le triomphe de Séraphin, *la Fille qui laisse manger ses tripes par le chat...* Tout le monde riait, Fouquier-Tinville lui-même riait ; les deux fillettes seules ne riaient pas.

Cette tristesse pesait à l'accusateur et l'intriguait. Non point qu'il ne fût depuis longtemps blasé sur les larmes ; mais le contraste entre la joie de tous et le chagrin de ces enfants l'obsédait. Il se pencha vers la gouvernante et, brusquement, demanda :

— Est-ce que ces petites sont malades ?

— Non, citoyen, répondit-elle.

— Pourquoi ne rient-elles pas comme les autres ?

La gouvernante, baissant la voix, répliqua :

— Elles ont de la peine.

— Un deuil ?

— Quelque chose comme cela, citoyen, ajouta la femme.

Les deux fillettes s'étaient timidement tournées vers Fouquier et semblaient suivre le dialogue qui s'échangeait entre lui et leur compagne. À la lueur fugitive d'un « feu pyrrhique, » il crut voir que leurs yeux étaient gros de larmes. Il allait pousser plus loin son interrogatoire, mais il devina tant d'angoisses dans le regard des deux enfants qu'il craignit d'être reconnu, il eut peur... Il se renfonça sur sa banquette et ne dit plus mot.

∼

Le rideau se levait, d'ailleurs, sur le dernier numéro du programme, *la Belle et la Bête*, que l'annonce qualifiait de *pièce patriotique*. En effet, on y voyait – toujours en silhouettes animées – un club, une patrouille, un agent du Comité de sûreté générale, un geôlier et le bourreau. On y voyait aussi l'intérieur de la maison d'un aristocrate, un ci-devant gentilhomme, qui conspirait traîtreusement contre la République. L'agent du Comité allait le dénoncer au club, la patrouille se mettait en marche, et faisait irruption dans la maison du conspirateur. On l'arrêtait, malgré les supplications de sa femme et de ses enfants ; au tableau suivant on l'apercevait dans sa prison où le bourreau entrait, une corde à la main, et le liait pour la dernière toilette.

C'était la fin du petit drame et du boniment de Séraphin qui concluait en ces termes textuels :

« Le misérable va subir le châtiment de ses crimes. Ainsi périssent, citoyens et citoyennes, tous les ennemis de la liberté. Si la chose vous satisfait, faites-en part à vos connaissances et envoyez du monde au théâtre de Séraphin… »

Fouquier-Tinville avait écouté distraitement l'à-propos patriotique, son attention étant absorbée, dès les premières scènes, par l'attitude des fillettes dont la mélancolie l'avait intrigué. À l'apparition du policier, bonnet en tête et gourdin à la main, la plus jeune des deux enfants s'était serrée contre sa gouvernante et tapie contre elle ; le visage enfoui dans sa capeline de fourrure, elle n'avait plus levé les yeux vers le théâtre. L'autre, au contraire, très absorbée par le drame, n'en perdait aucune des péripéties : autant que Fouquier pouvait, dans la pénombre, distinguer ses traits, il les voyait convulsés par l'émotion ; des yeux de la pauvre petite roulaient de grosses larmes qu'elle ne songeait pas à essuyer. Lorsque les soldats se jetèrent sur l'aristocrate pour l'arrêter, elle mit ses deux mains sur sa bouche pour étouffer un cri qu'elle ne put retenir ; enfin, quand on vit le prisonnier lié de cordes par l'exécuteur, Fouquier l'entendit murmurer plaintivement :

— Papa… Oh ! mon papa…

Et elle éclata en sanglots.

La gouvernante la prit dans ses bras.

— Tais-toi, je t'en prie, tais-toi, ma chérie ; tu peux nous perdre tous…

Mais comme la représentation était terminée, les spectateurs sortaient en cohue et personne ne remarqua le désespoir des deux fillettes ; personne, sauf Fouquier-Tinville, qui sortit derrière elles.

La gouvernante les entraînait rapidement sous les galeries, mais Fouquier, hâtant le pas, les rejoignit au passage du Perron :

— Pardon, citoyenne, fit-il... une question, je vous prie.

La femme reconnut son voisin du théâtre Séraphin. Une métaphore un peu usée, mais courante à l'époque, gratifiait Fouquier-Tinville d'une *face de tigre*. Il faut croire que sa physionomie n'était pas, en ce moment-là, si terrible, ou qu'il savait la façonner aux circonstances, car l'officieuse y lut tant d'intérêt véritable et d'attendrissement qu'elle n'hésita pas à s'arrêter.

— J'ai été témoin, continua Fouquier, de l'émotion de ces petites. J'en voudrais savoir la cause. Peut-être... ajouta-t-il en baissant la voix et en coulant de droite et de gauche des regards inquiets, peut-être ne serait-il pas inutile que je la connusse...

— Oh ! citoyen, c'est bien simple... Toute la faute en est à moi. J'ai voulu distraire ces pauvres enfants qui ont éprouvé hier une grande émotion et le hasard m'a bien mal servie. J'ignorais que le spectacle de Séraphin se terminât par ce drame malencontreux qui n'a fait qu'aviver en elles un tragique souvenir.

— Quel souvenir ?

— Leur père a été arrêté hier, comme suspect, et conduit à la Conciergerie...

— À la Conciergerie ?...

— Oui, citoyen... Hélas ! continua-t-elle d'un ton plus bas, on craint qu'il ne passe, dans la semaine, devant le tribunal...

— Son nom ?

— Alors, vous comprenez, qu'en voyant représentée la scène qui, trop réelle, a désolé hier la maison, ces pauvres enfants aient songé à leur père...

— Son nom, vite ?...

La femme hésitait ; elle craignait d'avoir déjà trop parlé ; mais, comme mue par une inspiration subite de tendresse filiale, par un de ces mouvements d'espoir fou qui s'accroche à l'invraisemblable, la plus jeune des fillettes leva vers l'homme en qui elle devinait un protecteur ses yeux pleins de grosses larmes, et dit, toute secouée de sanglots :

— Monsieur... si vous le pouvez... faites qu'on nous rende notre papa... il s'appelle le comte de Courville.

Et ouvrant ses petits bras, elle se jeta au cou de Fouquier-Tinville qui s'était courbé vers elle pour recevoir sa confidence. Il la serra frénétiquement contre sa poitrine, puis la repoussant brutalement il partit à grands pas et se perdit dans la foule, le long des galeries.

Le lendemain, on apportait au ci-devant hôtel de Courville un pli cacheté sur lequel était écrit :

À Félicité et Laure Courville
Pour leur Noël

Et sous ces deux lignes, en manière de signature, un simple prénom : *Quentin*. C'était l'ordre de mise en liberté du suspect, qui fut, le soir même, rendu aux siens et ne fut plus inquiété tant que dura la Terreur.

L'anecdote, assure-t-on, est authentique ; et si les détails en sont fantaisistes, la tradition, du moins, subsiste d'un mouvement de pitié, qui, certain jour, au contact d'un enfant en larmes, amollit le cœur de Fouquier-Tinville. Et l'on ne peut s'empêcher de songer que, dix-huit mois plus tard, quand vint son tour de monter sur cet échafaud qu'il avait tant fatigué, quand il traversa Paris sous les huées, les cris de joie, de haine, de colère, sous le plus effrayant ouragan de bravos vengeurs qui ait jamais souffleté un être humain, on ne peut s'empêcher de songer que, dans Paris en liesse, il y avait deux enfants qui pleuraient à la pensée qu'on allait faire mourir celui auquel elles devaient la vie de leur père.

Qui oserait affirmer que les larmes de ces deux fillettes n'auront pas fait contrepoids, dans la balance éternelle, à l'opprobre et à la malédiction du monde entier !

LA CARRIÈRE DE MONSIEUR COLLERET

Est-ce à Soissons, à Montdidier, ou bien à Saint-Quentin, ou encore à Laon, que, le 25 décembre 1808, l'empereur Napoléon, à l'apogée de sa puissance et de sa gloire, s'en vint, de Compiègne, présider à l'inauguration de casernes nouvelles ? Le détail a trop peu d'importance pour mériter d'être vérifié. Il est d'usage, d'ailleurs, lorsqu'on transforme en conte une « histoire vraie », d'en modifier avec soin les noms de lieux et les dates, afin de rendre les héros méconnaissables, et c'est une tradition à laquelle nous ne voulons pas déroger.

Ce qui reste d'une indiscutable authenticité c'est que, la veille de ce jour-là, l'heureuse cité qui se préparait à recevoir, le lendemain, le maître du monde, vivait dans l'agitation et la fièvre qui précèdent les grands événements : on avait élevé, à l'entrée de la ville, un arc de triomphe en toile peinte surmonté d'un grand aigle, à bec crochu, charpenté et doré par le décorateur du théâtre municipal. Un autre portique, tout en baïonnettes, en crosses de fusils et en pistolets était dressé, par les soins des militaires, dans la cour du nouveau quartier, et, entre ces deux portes triomphales, sur tout le parcours que devait suivre à pied Sa Majesté, étaient disposées des guirlandes de lierre et de chêne vert, piquées de belles fleurs en papier de couleur, et que soutenaient des mâts vénitiens ayant, au sommet, des N en lampions parmi des trophées de drapeaux.

Dès le 24, veille du grand jour, toutes les autorités de la région avaient débarqué dans la ville ; les hôtels regorgeaient ; chacune des maisons bourgeoises hébergeait un personnage de marque ; une proclamation du préfet avait convoqué l'armée entière des fonctionnaires qui, tous, du plus élevé au plus infime, devaient assister à l'arrivée de l'empereur et se former derrière lui en cortège depuis l'entrée de la ville jusqu'aux casernes. Et c'est pourquoi M. Colleret occupait la soirée de cette veille de Noël à brosser sa meilleure houppelande et à passer au vernis Leuthraud ses escarpins les moins éculés.

M. Colleret était un jeune homme de vingt-quatre ans, commis de cinquième classe à la sous-direction des Droits réunis ; il touchait huit cents francs de traitement, dont une caisse prévoyante de retraite lui retenait une partie. Il n'avait ni appui, ni chance d'avancement ; c'était d'ailleurs un employé modèle, aussi exact que scrupuleux, médiocrement noté, pourtant, par ses chefs qui ne lui connaissaient aucun protecteur influent. Dans ses rêves les plus ambitieux, il se voyait finissant ses jours administratifs, après trente ans de labeur, dans quelque recette buraliste, à dix-huit cents francs d'appointements.

Aussi M. Colleret n'était-il pas très joyeux, dans sa misérable chambre garnie, en passant, ce soir-là, au pinceau ses escarpins vernis ; il pensait à d'autres veilles de Noël, déjà bien lointaines, où, comme maintenant, il préparait ses souliers ; mais c'était alors pour les placer dans la cheminée, certain que le petit Jésus passerait, pendant la nuit, y déposer toutes sortes de belles choses. Qui viendrait aujourd'hui lui faire pareille surprise ? Quelle bienfaisante divinité s'ingénierait à penser à lui ? Tout de même lorsqu'il se coucha, par une sorte de superstition, encore qu'il fût bien certain qu'il n'avait rien à attendre, il déposa ses souliers un peu moins près de son lit, un peu plus près de la cheminée qu'il ne faisait à l'ordinaire et il fut presque déconfit lorsque, le lendemain, à son réveil, il trouva les escarpins vides, tels qu'il les avait laissés la veille. Il s'habilla tristement ; au dehors, les tambours battaient le rappel ; on entendait au loin des musiques militaires circulant déjà par la ville, et, de la rue, montait la rumeur d'une foule de paysans, arrivant sans cesse des villages voisins et circulant, bouche bée, pour voir les drapeaux et contempler les décorations.

Le rendez-vous général des fonctionnaires était pour dix heures : M. Colleret, comme bien on pense, y fut exact. Sur la place, devant l'arc de triomphe, les autorités formaient déjà un grand demi-cercle ; un groupe important comprenait, outre le maire et le préfet en grande tenue, le premier président du ressort, les conseillers et les juges, le procureur général, toute la magistrature en robes ; il y avait des généraux, des professeurs de faculté, deux évêques ; puis, formant les ailes de ce corps central, les inspecteurs des forêts, les directeurs des services départementaux, les juges de paix, les curés ; les grades diminuant d'importance, à mesure qu'on s'éloignait du groupe principal ; aux extrémités du demi-cercle se tenaient les employés d'octroi, les capitaines de pompiers, les agents-voyers, les piqueurs des ponts et chaussées et les commis d'administration dont la foule modeste terminait cette belle ordonnance.

M. Collerct, le plus infime, était à l'extrémité de la file ; il n'était pas homme à se pousser, et resta humblement à sa place ; comme elle était la dernière de toutes, il se trouvait adossé à l'un des pylônes de l'arc triomphal, voyant, en face de lui, le groupe imposant des gros personnages dont il ne connaissait pas un seul et qu'il apercevait s'abordant, se congratulant, échangeant des saluts ou des poignées de mains, dans un chatoiement d'uniformes, de toges rouges et d'habits brodés. Le temps était brumeux et lourd, un ciel de plomb présageait l'ondée.

Tout à coup, on entendit au loin le canon tonner ; il y eut un remous parmi les hauts fonctionnaires ; chacun gagna son emplacement hiérarchique ; des commandements brefs et des bruits d'armes coururent sur les rangs des troupes ; des officiers, sabre au clair, passèrent en galopant, et presque aussitôt, avec un bruit d'avalanche, parurent, au grand trot, droits sur leurs selles, pistolets au poing, les cavaliers de l'escorte ; derrière eux venait, seul, un mameluk, turban en tête, yatagan en main, puis les piqueurs à la livrée impériale et enfin la berline du maître, attelée de six chevaux que montaient les postillons à veste verte de la grande écurie. La voiture s'arrêta sous l'arc même, parmi les cris de *Vive l'Empereur !* le bruit des tambours, les salves et les fanfares ; un écuyer se précipita à la portière, l'ouvrit, déploya le marchepied et l'on vit paraître Napoléon, l'air renfrogné sous le petit chapeau légendaire, vêtu, sur son uniforme, d'une houppelande verte à boa de fourrure.

Le petit commis des Droits réunis, sachant bien que personne ne ferait attention à lui, avançait la tête pour ne rien perdre du spectacle ; il était à deux pas de l'empereur qu'il vit descendre péniblement de la voiture et qui mit pied à terre en maugréant ; Colleret crut même entendre sortir de la bouche impériale un formidable juron, roulé à mi-voix ; et il restait là, ébahi de contempler de si près l'homme du destin, quand, tout à coup, il se sentit brusquement pris par le bras et pensa chanceler sous le coup... Il eut bien de la peine à reprendre son aplomb quand, rappelant ses esprits, il s'aperçut que c'était l'empereur lui-même qui lui faisait l'insigne honneur d'utiliser comme point d'appui sa chétive personnalité. D'abord il crut qu'il allait s'écrouler, tant son émotion était forte, de sentir la main du conquérant sur son bras, il avait la tête en feu et les oreilles bourdonnantes ; son cœur galopait dans sa poitrine et c'est à peine s'il entendit les derniers mots du discours que le préfet, qui s'était approché, prononçait d'une voix sanglotante d'émotion.

L'empereur, lui, n'en écouta pas une phrase ; il se tenait immobile, toujours appuyé au bras du petit commis, et regardant obstinément le bout de ses bottes.

La mine courroucée, le front bas, il n'écouta pas davantage les harangues que, successivement, vinrent lui décharger à bout portant l'un des prélats et le premier président ; Colleret n'en perdit pas une intonation, encore qu'il sentît son attitude très gauche et qu'il n'osât ni bouger la tête, ni faire un mouvement.

Enfin les discours se terminent, le cortège se forme ; un chambellan, par un profond salut, fait comprendre à Sa Majesté que le moment est venu de faire son entrée dans la ville et de se rendre aux casernes ; et alors on voit ce spectacle extraordinaire : l'empereur, sans quitter le bras de son compagnon tremblant, se met en marche, de plus en plus soucieux ; il n'écoute aucune des obséquieuses explications dont le préfet est prodigue ; il va, parlant sans cesse à M. Colleret qui courbe sa haute taille pour mieux saisir les paroles tombées de la bouche du dieu ; peu à peu la discrétion, le respect, l'étonnement imposent à tous le silence et la réserve ; on ralentit le pas pour ne point gêner la conversation de l'empereur et du jeune employé des Droits réunis. On voyait celui-ci, reprenant progressivement son sang-froid, répondre en phrases courtes aux confidences de Sa Majesté ; et c'est ainsi que se passa toute la cérémonie ; arrivé aux casernes, Napoléon – toujours au bras de Colleret – monta les étages, parcourut les salles, longea les couloirs, descendit aux sous-sols, traversa les cours, sans cesser de causer avec son acolyte, sans donner un coup d'œil aux constructions qu'il inaugurait de si étrange façon et suivi à distance respectueuse par le troupeau des hauts fonctionnaires, muets de surprise et frémissants de curiosité.

Enfin la tournée s'acheva ; l'empereur rejoignit sa berline, prit congé du pauvre employé sans plus de façon qu'il n'en avait mis à l'aborder, reprit sa place dans la voiture, fit un signe de la main aux autorités presque prosternées et, – tandis que, de nouveau, les tambours battaient et que les canons tonnaient, – il s'éloigna, au galop de ses six chevaux, sur la route de Compiègne.

∼

Sur la place, dès que la voiture impériale eut disparu, un groupe compact se forma autour de Colleret ; on l'interrogeait ; on se bousculait pour le mieux considérer ; on cherchait à connaître le motif de la faveur insigne dont il venait d'être l'objet envié. Lui restait impénétrable, l'air songeur, mal remis, sans doute, de sa stupéfaction. Le préfet, d'un ton plein d'onction et de douceur, lui glissa à l'oreille une invitation à dîner pour le banquet du soir ; le général commandant la division lui serra les mains à les lui briser ; le premier président le pria de vouloir bien venir, la semaine suivante, chasser sur ses terres ; Colleret ne savait auquel entendre ; il saluait, remerciait, touchait les mains tendues ; mais à cette question cent fois répétée :

— « Qu'est-ce que l'empereur vous a dit ? »

Il s'obstinait à répondre d'un air de discrétion modeste :

— « Oh ! des choses très particulières ! »

Le soir, il fut choyé à la préfecture ; la préfète ouvrit le bal à son bras ; elle se savait jolie, était Parisienne et coquette ; elle crut avoir facilement raison de la réserve du petit commis ; mais elle n'apprit rien. Le lendemain, en arrivant à son bureau, M. Colleret fut appelé chez son directeur, fonctionnaire fort rébarbatif à l'ordinaire, et qui fut charmant ce jour-là ; s'efforçant d'arracher à son subordonné, par mille gracieusetés et câlineries, le secret du mystérieux entretien de la veille. Le subordonné fut impénétrable ; ce qui ne l'empêcha point – au contraire – de devenir, en peu de jours, l'idole du monde officiel ; les invitations affluèrent : bals, chasses, dîners, il était de toutes les fêtes, les dames les plus hautaines prenaient son jour et, comme il négligeait forcément son bureau, il reçut de l'avancement, devint, de simple commis, en deux ans, inspecteur ; chacun s'ingéniait à prévenir ses moindres désirs ; il n'avait pas à postuler, aucun souhait à former, rien qu'à se laisser vivre... Il fut proposé pour la croix et le préfet entreprit même le voyage de Paris pour hâter sa promotion. En 1814, Colleret était sous-directeur et décoré !

Dam ! à la chute de l'Empire, les choses changèrent ; son directeur, devenu soudain aussi rogue qu'il s'était précédemment montré affable, son directeur se débarrassa de lui en l'expédiant dans un poste lointain et difficile ; comme M. Colleret réclamait contre cette mesure, on le mit en disponibilité ; il obtint pourtant de rentrer dans l'administration, mais à un grade inférieur à celui qu'il avait occupé ; pendant trente-six ans il ne reçut pas un centime d'augmentation ; il connut les résidences les plus décriées et les fonctions les plus rebutantes ; on l'expédia comme receveur à Orchies ; de là, sans avancement, à Saint-Jean-Pied-de-Port ; puis, comme receveur encore, on l'exila à Binic, d'où il partit pour Embrun, comme receveur toujours. Impassible, il ne formulait pas une plainte ; tous les deux ou trois ans, il allait à Paris, faisait dans les bureaux du ministère les visites indispensables et en revenait, avec un sourire ironique aux lèvres, mais sans jamais obtenir une amélioration de situation.

Une revanche le guettait, éclatante : survint la Révolution de 1848, bientôt suivie de l'élection du prince Louis-Napoléon à la présidence. Colleret était alors receveur à Port-de-Bouc : par dépêche, il est nommé inspecteur à Versailles, et, tout à coup, sa carrière, interrompue depuis 1814, recommence brillante, inespérée, extravagante ; en 1852, il est directeur à Nantes : deux ans plus tard, conseiller d'État, il reçoit la rosette des mains de Napoléon III ; bref, il mourut à quatre-vingt-huit ans, membre du conseil privé, sénateur et grand-croix de la Légion d'honneur !

Quelques mois avant sa fin, un de ses jeunes neveux le trouva un jour dans son grand fauteuil, rêveur à son ordinaire et ayant, au coin des lèvres, ce sourire ironique qui ne le quittait guère ; il avait cet air de satisfaction d'un homme qui, spectateur de sa propre vie, assiste à la plus désopilante des comédies. Ce jour-là, il était en veine de confidences et comme il rappelait à son neveu les débuts de sa carrière et l'incident étrange qui avait changé sa fortune, il lui dit :

— « Veux-tu savoir ce que m'a dit l'empereur ? »

L'autre était tout oreilles, ainsi qu'on peut penser ; M. Colleret continua :

— « Il n'y a au monde qu'une chose indispensable, c'est de connaître les hommes et, si je te dévoile mon secret, c'est dans l'espoir que cette révélation ne te sera pas inutile. Voici les faits : dès que Napoléon m'eut pris le bras, il dit en grommelant et parlant moins pour moi que pour son propre soulagement :

— *Ah ! le maudit cor !* Et il ajouta : *Je ne pourrai jamais parcourir leurs satanées casernes si vous ne me soutenez pas.* Il avait pris mon bras, comprends-tu, comme il aurait pris celui de tout autre et simplement parce que l'infimité de ma personne m'avait valu la dernière place au bout de la file des fonctionnaires et que je me trouvai, par conséquent, le plus rapproché du marche-pied. L'empereur souffrait cruellement et ne voulait pas boiter ; il se cramponnait littéralement à moi et jamais je n'ai entendu jurons comparables à ceux qu'il proférait chaque fois qu'il appuyait à terre son pied endolori. J'ai retenu textuellement quelques-unes de ses phrases, je te les transmets pieusement : — *Ah !* grognait-il, *ils m'ont fait des bottes trop étroites ; et dures ! On ne trouve plus de bon cuir. Avez-*

vous du bon cuir, ici ? N'avez-vous jamais de cors ? Quand j'étais sous-lieutenant, j'avais des bottes parfaites ; c'était du veau très souple, fourni par le sellier de l'École militaire ; avec celles-là jamais un durillon, jamais un œil de perdrix. Et solides ! Je suis allé de Valence à Pont-Saint-Esprit à pied avec ces bottes-là, et sans une écorchure. C'était du veau excellent, excellent !

… Tout cela comme tu devines, entremêlé de jurons, de plaintes, de récriminations contre Daquin, son bottier, – j'ai retenu le nom, – d'explosions de colère contre les fonctionnaires qui nous guettaient, contre les discours et les compliments, contre la caserne, surtout, qu'il vouait à tous les diables… Il ne m'a pas dit autre chose, je l'atteste ; il m'a quitté sans un mot de remerciement, n'a jamais su mon nom et je ne l'ai jamais revu. Pour le reste, je n'ai eu qu'à me taire ; le soir même, mon avenir était assuré ; on se figurait faire la cour au Maître en accablant de faveurs « son protégé » ; les notes élogieuses s'accumulaient dans mon dossier… Mais le gouvernement de la Restauration les y trouva et les amplifia en sens inverse ; chaque année s'ajoutaient à ma feuille signalétique des commentaires dans ce style : *bonapartiste incorrigible, – était des familiers de l'Usurpateur, – a reçu les confidences de l'Ogre de Corse,* etc… De sorte que, quand l'Empire reparut, après trente-six ans d'interrègne, j'étais tout désigné pour compter parmi les plus favorisés. Songe ! Un homme dont la carrière a été brisée par suite de son dévouement à la cause impériale. »

Et le vieillard ajoutait, non sans sourire encore :

— « Vois-tu, quand on devient très vieux, on se retrouve très jeune ; et, maintenant que j'ai longtemps et mûrement réfléchi à ce qui m'est arrivé, je suis sûr, entends-tu, absolument sûr, que c'est le petit Jésus qui a tout conduit. Je me souviens parfaitement que, à la veille de ce jour de Noël où devait si bizarrement se décider ma carrière, après avoir ciré mes souliers, j'eus, par un reste de foi, de superstition enfantine, l'idée de les déposer au coin de l'âtre, ainsi que je le faisais alors que j'étais gamin. Je fis la chose sans confiance, un peu pour me moquer de moi-même, pour railler sottement ma misère et mon isolement ; et le lendemain, à mon réveil, je crus que mes escarpins étaient vides, que le petit Jésus n'y avait rien mis ; je me trompais ; il y avait déposé ceci ; seulement, je ne le voyais pas. »

Et M. Colleret désignait son grand cordon rouge et son habit brodé de sénateur qu'un valet de pied préparait pour une réception à la cour qui devait avoir lieu le soir. Bien vite, le vieillard, un instant ému, reprit sa mine ironique.

— « Tout cela, pour avoir servi, pendant une heure, de canne à Napoléon. D'ailleurs, ajouta-t-il, en clignant malicieusement les yeux, je puis bien le dire aujourd'hui, j'ai toujours été foncièrement royaliste. »

LA POUPÉE

Aussi loin que se reportent dans le passé mes souvenirs, je revois la vieille marquise de Flavigny, souriante et sereine, habituellement assise dans une antique bergère garnie de velours couleur de pêche, sur lequel se détachaient ses cheveux gris et ses grands bonnets de dentelle ornés de nœuds tremblants.

Près d'elle se tenait, presque sans cesse, sur une chaise basse, une femme du même âge, souriante aussi, le visage calme et apaisé : on appelait celle-ci « Mademoiselle Odile. » Ce n'était pas une servante ; une grande familiarité semblait unir les deux vieilles qui, tout en tricotant d'affreux jupons de laine bleue à grosses mailles qu'elles distribuaient aux pauvres, le jeudi matin, avec une miche de pain et cinq pièces de deux liards, échangeaient à voix basse, d'un air de camaraderie, presque de complicité, d'interminables confidences. À certains jours,

jours de grands rangements, quand le tricot chômait, les deux amies entreprenaient la visite de leurs armoires, immenses bahuts de chêne verni à longues pommelles de cuivre, avec des entrées de serrures, étroites et hautes, découpées en arabesques ; elles ouvraient des boîtes, enrubannaient le linge, étendaient sur les rayons de beaux napperons brodés, époussetaient, frottaient toute la journée. Nous étions là une bande d'enfants, admis à ce spectacle salutaire, à condition de ne toucher à rien.

Au fond d'une de ces mystérieuses armoires, comme en un sanctuaire, reposait, debout dans une boîte de verre, un objet pour lequel les deux dames semblaient avoir une sorte de vénération. C'était une grande poupée vêtue, à l'ancienne mode, d'une robe de soie élimée ; les années l'avaient faite presque chauve ; son nez était cassé, ses mains et son visage étaient écaillés et dévernis, et je me rappelle qu'elle n'avait plus qu'un soulier, un vieux soulier, de maroquin tout craquelé, avec une boucle d'argent noirci et un haut talon qui avait été rouge.

Quand elles en arrivaient à cet imposant bibelot, la marquise et Mlle Odile le déplaçaient avec des ménagements d'enfant de chœur maniant un reliquaire : elles en parlaient à voix craintive, en phrases courtes :

« ELLE a encore perdu des cheveux... Son jupon est maintenant tout usé... Voilà un doigt qui tombera bientôt. »

On soulevait avec mille précautions le couvercle de verre, on rajeunissait le poivre, on défripait la jupe, à petits coups d'ongle, très prudents. Puis on remettait la poupée en place, debout sur le plus beau rayon, comme sur un autel.

— « Tient-elle bien, ma mie ? » demandait la marquise. C'est ainsi qu'elle désignait Mlle Odile ; celle-ci, familièrement, l'appelait « Madame Solange, » sans jamais lui donner son titre, parlant avec une sorte d'accent lointain d'Alsace, sans rudesse pourtant, et si discret qu'on l'eût dit estompé par le temps.

Nous n'en savions pas davantage sur l'histoire des deux vieilles dames et de leur poupée quand, un soir – c'était la veille de Noël d'une année qui est déjà bien loin – nous fûmes, d'un coup, initiés à tout le mystère. Ce jour-là, Odile et la marquise avaient bavardé avec plus d'animation encore qu'à l'ordinaire. Vers le soir, toutes deux s'étaient recueillies et avaient fait silence : les mains jointes, elles se regardaient d'un air attendri et l'on devinait qu'un commun souvenir leur remplissait l'âme.

Quand la nuit fut tout à fait tombée, Odile alluma les bougies ; puis, sortant de dessous son tablier un trousseau de clefs, elle ouvrit l'armoire à la poupée. On tira la poupée de sa boîte ; dans ses falbalas ternis, avec sa tête sans cheveux, elle paraissait bien plus vieille que les deux dames qui se la passaient, de mains en mains, avec des mouvements soigneux, presque tendres. La marquise la prit sur ses genoux, ramena doucement le long du corps les bras de plâtre dont les jointures firent entendre un vieux petit grincement, semblable à une plainte, et elle se mit à contempler la « dame » avec un sourire plein d'affection.

~

« Ma mie, fit-elle, comme parlant à la poupée, si je contais à ces petits notre histoire ? »

Ce fut Odile qui remua gravement la tête, en manière d'acquiescement ; la marquise nous fit signe de nous grouper autour d'elle ; elle tenait la poupée assise sur ses genoux, c'est à elle qu'elle semblait adresser son récit. Elle dit d'abord que, bien des années auparavant, alors qu'elle-même était une enfant, la guerre civile dévastait la Bretagne, pays où elle était née : c'était l'époque de la grande épouvante.

Dès les premiers jours de 1792, les parents de la petite Solange avaient émigré, la confiant, par crainte des hasards de l'exil, aux soins d'une paysanne de Ploubalay, un bourg voisin de leur château, près de la côte malouine ; ils étaient d'ailleurs persuadés que la « bonne cause » triompherait et que leur absence serait courte.

Mais, presque aussitôt, la frontière s'était fermée ; des lois impitoyables frappaient les émigrés qui tentaient de rentrer en France ; une effrayante tourmente passait sur la Bretagne. Solange, tout le temps que dura le sanglant ouragan, resta chez les villageois auxquels elle avait été remise, les Rouault, bonnes gens terrorisés, sans nouvelles des parents de la fillette, sans possibilité de communiquer avec eux, la loi punissant de mort toute tentative de correspondance avec les émigrés.

Ploubalay est un gros village, à trois lieues de Saint-Malo, distant d'une demi-heure de la côte ; celle-ci est hérissée de rochers roux, et protégée par un archipel de récifs que la mer continuellement assiège et qui rendent périlleuse toute tentative de débarquement. Les *bleus* occupaient le bourg, dont ils avaient chassé les chouans ; le sergent qui les commandait était un de ces bas-officiers comme en comptait beaucoup l'armée révolutionnaire : rude patriote, inflexible et bourru. Il était Alsacien et s'appelait Metzger. Tout le village le redoutait ; la petite Solange particulièrement, tremblait, lorsque, assise sur le seuil de la maison des Rouault, elle apercevait cet homme terrible, dont la grosse moustache, les sourcils épais, les regards soupçonneux, la voix sonore et l'accent rocailleux étaient son cauchemar. Quand le sergent Metzger n'était pas avec sa troupe en expédition, il se tenait sans cesse à la porte du poste installé dans l'église désaffectée, à cheval sur une chaise et fumant obstinément sa pipe ; de là, avec un air farouche, il surveillait les trois rues du bourg.

Un jour que Solange était allée chercher un pain pour la mère Rouault, elle revenait portant dans son tablier la lourde miche noire, quand elle aperçut, à sa place habituelle, devant le porche de la ci-devant église, le sergent Metzger dont les gros yeux, de loin, la suivaient. Elle aurait bien voulu faire un détour, mais elle n'osa pas ; prenant bravement son parti, elle se mit à marcher vite, comme une fille qu'on attend, trottinant le long des maisons sans tourner la tête. Au moment où elle espérait avoir échappé au danger, elle entendit la voix retentissante du bleu :

— Halte-là, petite !

L'enfant sentit son cœur s'arrêter dans sa poitrine : elle resta sur place, figée de peur, prête à défaillir.

— Approche ici… allons… plus près ! reprit la voix.

Elle obéit, la tête perdue : maintenant elle était à deux pas du sergent et n'avait pas encore osé lever les yeux. Il la laissait là, sans rien dire : enfin d'un ton dont l'enfant tressaillit, comme d'un coup de tonnerre :

— Tu es une petite aristocrate ? dit-il.

Elle resta bouche bée, sans voix, se recommandant au bon Dieu. Elle n'avait pas très bien compris ; mais elle savait que ce mot d'aristocrate désignait des gens qu'on faisait mourir.

— Quel âge as-tu ? reprit l'homme.

D'une pauvre voix enrouée, chevrotante de terreur elle répondit :

— Huit ans…

Elle allait ajouter, poliment, « monsieur » ; mais elle ravala le mot, d'instinct, sûre que, si elle l'avait prononcé, le soldat l'aurait égorgée, tout de suite.

Il n'avait pas l'air d'y songer ; il grommela :

— Huit ans… huit ans ! C'est bien ça…

Et tout de suite, il ajouta :

— Tu es grandelette et forte, pour ton âge.

Il dit cela d'un ton si différent que, surprise, elle le regarda ; il était effrayant à voir, avec son bicorne de travers d'où pendait un gland de crins rouges, sa face hâlée, sa pipe noircie, ses manches chevronnées, ses buffleteries blanches, croisées sur la poitrine, son grand sabre et ses guêtres boueuses. Et, pis que tout cela, ses yeux, ses yeux profonds et pénétrants qui semblaient la dévorer.

— Allons, file ! ordonna-t-il.

Elle tourna les talons et reprit, secouée d'émotion et chancelante, sa marche rapide vers la maison.

~

De ce jour-là, elle se sentit guettée par le sergent. Quand il passait, à la tête de ses hommes, devant la porte des Rouault, il jetait un regard dans l'intérieur de la chambre, pour l'y chercher. S'il la rencontrait par les rues, il s'arrêtait pour la suivre des yeux, ou bien, de sa voix rugueuse, avec son diabolique accent qui faisait frémir, il l'interpellait à grands éclats.

— Ah ! ah ! ah ! petite !

Solange aurait bien voulu ne plus sortir ; mais la mère Rouault, qui prévoyait que l'enfant ne reverrait jamais ses parents et qui, d'ailleurs, n'était pas femme à l'héberger pour rien, l'utilisait aux courses du ménage. Ainsi réduite à se trouver presque chaque jour en présence de son épouvantail, Solange en était arrivée à faire le sacrifice de sa vie ; le méchant bleu n'attendait, manifestement, que l'occasion. Elle n'eut plus de doute le jour où, la voyant occupée à laver des légumes dans la fontaine de la place, il l'interpella tout à coup :

— Petite, comment t'appelles-tu ?

Bien convaincue qu'il prenait son signalement et que son heure était venue, elle répondit, résignée :

— Solange…

Le sergent s'exclama :

— Solange ! (Il prononçait *Zaulanche*) Quel drôle de nom !

Il lui tâta les bras, la souleva de terre pour la soupeser.

— Huit ans ! fit-il, huit ans ! Comme ça pousse !

Elle s'imagina être entre les mains d'un ogre convoitant une proie assurée.

La vie, avec cette perspective, devint pour elle lugubre. Décembre était arrivé avec ses nuits sinistres, ses jours sans soleil ; il ne se passait guère de jour où les bleus ne s'emparassent de quelque émigré ; les exilés enduraient si grande misère à Jersey ou à Londres, ils souffraient d'un si ardent désir de revoir la France que beaucoup, n'y tenant plus, se risquaient à débarquer. Les bleus, embusqués sur la côte, leur donnaient la chasse dans les rochers et sur la lande. Ils avaient dressé, pour traquer ce gibier d'un nouveau genre, d'énormes chiens qui dépistaient les malheureux se traînant la nuit dans les fossés, restant, pendant le jour, couchés sous les ajoncs. On les voyait traverser Ploubalay, enchaînés, les vêtements en lambeaux, encadrés de soldats qui les conduisaient à Saint-Malo, à Rennes, où, après un jugement sommaire, ils étaient fusillés. La loi était sans pitié et l'arrêt sans appel : tout émigré pris était un homme mort.

~

Quand vint la veille de Noël de cette année 1793, personne, au village, ne fit mine de songer à la douce fête de jadis. L'église était fermée, les cloches muettes ; la nuit tomba, très brumeuse ; on avait entendu, toute la journée, les chiens aboyer du côté de la lande Bodard : les bleus avaient dû faire bonne chasse. La petite Solange couchait, au premier étage de la maison Rouault, dans une mansarde voisine d'un grenier à fourrage, plein d'ombre et de terreur, dont elle frissonnait, la nuit, immobile dans son lit, en songeant à tous les mystérieux dangers que pouvait recéler cette caverne.

Ce soir-là, elle était bien triste. Tandis qu'elle se déshabillait en grelottant, elle avait souvenir d'autres veilles de Noël, joyeuses celles-là, alors qu'elle était encore avec ses parents et que son petit cœur se gonflait d'affection. Quels radieux réveils, en ce temps-là ! Quelles extases devant la cheminée remplie de jouets, de friandises, de paquets blancs enrubannés ! Et, tout en rêvant, elle tenait, de ses mains lasses, ses gros sabots que, certes, elle n'allait pas déposer près de l'âtre, sachant bien qu'ils resteraient vides, comme l'année dernière. Le petit Jésus avait donc peur, qu'il ne venait plus en France ?

Elle crut entendre du bruit dans le grenier et, vite, elle souffla sa chandelle et s'enfouit sous ses couvertures.

Solange s'endormit.

Pendant son sommeil, il lui sembla qu'une porte s'ouvrait, tout doucement, et qu'une ombre pénétrait dans sa mansarde. Elle glissa un regard hors des couvertures : la nuit, maintenant, était limpide, la chambre était éclairée par la lune.

Rêvait-elle ? Elle distingua que l'ombre était un homme : un homme vêtu comme ces émigrés qu'elle voyait passer dans les rues du bourg quand on les menait prisonniers à Saint-Malo ; elle entendit une voix très douce qui disait :

— N'aie pas peur, ma petite Solange, n'aie pas peur !

Solange n'avait pas peur.

Elle sentit qu'une main, avec précaution, écartait les boucles qui couvraient son front : un rayon de lune, par la fenêtre sans rideaux, tombait sur elle. L'homme qui était entré la regarda :

— Que tu es belle, ma petite Solange, et grande et forte !

Il semblait ne pas se lasser de la contempler. Et, tout à coup, il la prit dans ses bras, la serra frénétiquement, l'étouffa de baisers. Elle ne savait plus si elle était éveillée ou si elle rêvait ; mais, tout de suite elle pensa que, si son père vivait, s'il était là, il aurait pour elle cette voix, et ces caresses si douces, et cette étreinte, et ce baiser-là. Il lui sembla que l'homme s'agenouillait près de son lit, elle crut entendre qu'il sanglotait, elle se blottit dans ses bras et – si heureuse ! – elle se rendormit.

∽

À l'aube, quand elle ouvrit les yeux, elle eut peine, d'abord, à rassembler ses souvenirs. La conscience bientôt lui revint : décidément elle avait rêvé ; la chambre était vide ; la porte du grenier close ; au-dessous, elle entendait la mère Rouault aller et venir, d'un pas lourd, comme à l'ordinaire. Solange s'assit sur son lit, et, soudain, elle jeta un cri de joie… Sur ses sabots, bien accouplés, elle venait d'apercevoir, debout, dans la splendeur d'une robe de soie vert d'eau, une grande poupée, imposante et souriante, une poupée vêtue comme une milady, avec de belles boucles soyeuses qui tirebouchonnaient autour de ses joues d'émail, un fichu de dentelles à la reine, et des souliers de maroquin à boucle d'argent, bien brillante… L'enfant tomba à genoux devant la « dame » et, tout de suite, elle l'appela *Yvonne*. Elle se vêtit en quelques instants, et, tenant « sa fille » dans ses bras, elle descendit à la salle. La mère Rouault, la voyant paraître en compagnie de ce jouet merveilleux tel que son imagination n'en avait jamais rêvé, s'exclama, stupéfaite :

— Bon Dieu, Solange, qui t'a donné cette poupée-là ?

— Madame, répondit simplement l'enfant, c'est le petit Jésus.

La Bretonne resta bouche bée : encore qu'elle fût croyante, ce miracle-là, tout de même, lui paraissait dépasser les bornes de la puissance divine. Pourtant l'évidence l'écrasait : elle savait bien que jamais nul n'aurait pu se procurer à Ploubalay une pareille merveille, pas plus qu'à Matignon, d'ailleurs, ou même à Saint-Malo ou à Rennes. Elle en devint, du coup, très respectueuse, examina, sans trop oser y toucher, la dame que lui présentait triomphalement Solange ; puis elle appela son homme.

— Guette donc, Rouault, ce que le petit Jésus vient d'apporter à notre demoiselle !

Rouault fut moins étonné ; c'était un cœur simple, peu connaisseur, du reste, en soieries et en affiquets. Mais déjà des voisines étaient accourues. Elles jabotaient, les mains jointes d'admiration. Quelques-unes s'inclinaient naïvement devant le prodige indiscutable. D'autres, plus sceptiques, demeuraient hébétées, s'interrogeaient sans trouver une explication satisfaisante. Solange, elle, s'inquiétait peu de leur émoi, berçait Yvonne, l'embrassait avec précaution, osant à peine effleurer du bout des lèvres les boucles blondes et les joues luisantes de sa fille ; elle la mit à la fenêtre, lui montra la courte perspective de la grande rue de Ploubalay, puis, comme la mère Rouault, revenant aux choses pratiques, l'expédiait en commission au bout du village, chez le bourrelier

Coiquaud qui vendait des fèves, l'enfant, radieuse, emmena avec elle sa poupée.

∽

L'événement était déjà connu dans la moitié du bourg ; les paysannes se mettaient sur leur seuil, pour voir ; Solange passait, grave et fière, comprenant son importance. Quand elle arriva devant l'église, où se tenait, à son ordinaire, à cheval sur sa chaise, le sergent Metzger, elle ne pensa pas cette fois à se détourner : quel danger la pouvait menacer en un pareil jour ? Sa joie intérieure était si complète qu'elle n'avait plus peur de rien ni de personne ; et quand le sergent l'appela, lui demandant ce qu'elle portait, elle s'arrêta, avec aplomb, et s'approcha du soldat :

— C'est une poupée.

— Une belle poupée ! D'où tiens-tu ça, gamine ?

— Monsieur le sergent, c'est le petit Jésus qui me l'a donnée.

Le Jacobin se leva, terrible, repoussa sa chaise d'un coup de pied.

— Tu dis ? hurla-t-il.

— C'est une poupée que le petit Jésus vient de m'apporter pour mon Noël, répéta l'enfant.

Metzger était médusé de tant d'audace :

— Tu te figures, ricana-t-il, que je vais croire à ces…

Devant l'air candide de l'enfant, il s'arrêta ; mais, lui prenant des mains la poupée, il l'examina soigneusement :

— Une belle dame, c'est vrai, fit-il, une vraie lady ; et tiens, regarde ce qu'il y a d'écrit sous les semelles de ses brodequins ; *Berkint-London*. Il est donc anglais le petit Jésus ?

— Je ne sais pas, monsieur, répondit, en reprenant sa dame, Solange, dont toute la joie était gâtée.

— Nous allons voir ça, gronda le sergent.

Se tournant vers le poste, il appela :

— La Cocarde !

Un caporal parut.

— Quelqu'un est-il entré hier dans le village ?

— Je ne pense pas, sergent ; les hommes ont fait bonne garde. C'est vrai que, sur le soir, les chiens ont hurlé d'une drôle de façon : mais nous avons battu les haies et nous n'avons rien vu.

— C'est bon, rassemble tes hommes.

Il raccrocha sa giberne, sangla son ceinturon, prit son fusil, et, en tête de sa troupe, il se dirigea vers la maison Rouault. Solange, instinctivement angoissée, marchait près de lui, allongeant le pas, et tenant serrée contre son cœur la jolie Yvonne, toujours souriante. En arrivant chez les Rouault, le sergent disposa ses soldats, en plaça deux en sentinelle devant la porte, en dissémina d'autres dans le verger, derrière la masure, qui se trouva cernée de toutes parts.

Puis, suivi du reste de ses hommes, il entra dans la salle, tenant Solange par la main, s'assit sur un banc, attira la petite entre ses genoux et, d'un ton très radouci, pour l'amadouer sans doute :

— Allons, petite, raconte-moi tout.

Le cœur bien gros, un peu haletante, à voix très basse, elle commença son récit : elle dit « son rêve, » l'homme qu'elle avait cru voir dans sa chambre, l'illusion des baisers reçus, et, au matin, sa surprise en découvrant la belle poupée... Le sergent ne perdait pas un mot. Tout à coup, se tournant vers ses soldats qui, debout, assistaient à l'interrogatoire, il commanda :

— Allons, demi-tour, vous autres, et gardez-moi les dehors de la maison ! Feu sur le premier qui fera mine de s'en évader !

Les hommes sortirent ; Metzger resta seul avec la fillette.

— Voyons, gamine, tu dis que l'homme t'a embrassée... qu'il t'appelait « ma petite Solange »... qu'il s'est agenouillé près de ton lit et qu'il a pleuré ?

L'enfant, aux questions, répondait oui, de la tête, ne voulant pas mentir, et pressentant pourtant qu'une catastrophe la menaçait. Metzger ne se hâtait pas d'agir. Il posa ses rudes mains sur les épaules de Solange et, comme se parlant à soi-même :

— Oui, dit-il gravement, j'ai une mioche comme ça, au pays, là-bas, en Alsace, à Gersheim... elle a huit ans, elle aussi,... et pareillement, voici deux années pleines que je ne l'ai pas vue… Pour l'apercevoir, même endormie, dans l'ombre, pour l'embrasser un instant, pour la sentir sommeiller sur mon épaule, ses cheveux blonds contre ma joue… moi aussi je risquerais ma tête… Tous les pères sont les mêmes, il paraît. »

Il semblait réfléchir profondément. Puis, prenant son parti, rudement, il se leva, secoua la tête et, se tournant vers la parte restée ouverte :

— Deux hommes avec moi, fit-il, on va fouiller la bicoque.

Solange poussa un cri :

— Monsieur le sergent, attendez !

Elle l'avait écouté et, subitement, elle avait compris : c'était son père qui, la nuit, affrontant la mort pour rester durant quelques minutes près de sa fillette, avait quitté l'exil, traversé les mers, débarqué dans les rochers, rampé, sous le fusil des sentinelles, jusqu'au village. C'était son père qui, à l'idée que sa petite serait sans jouet pour son Noël, lui avait apporté la « dame. » C'est son père qui est là-haut, tapi dans le grenier, et qu'on va prendre, qu'elle va voir enchaîner, et qui partira entre quatre soldats…

Alors, la pauvre petite, le cœur crevé, avec de gros sanglots qui secouaient ses épaules, se jeta sur le sergent :

— Attendez ! attendez !

L'Alsacien reprenait sa mine brutale et sa voix rude :

— Quoi encore ? fit-il.

Solange avait une inspiration : pour sauver son père, elle aurait donné tout ce qu'elle possédait ; mais elle ne possédait rien qu'une poupée. Elle eut l'idée d'un grand sacrifice :

— Monsieur le sergent, vous avez une petite fille… de mon âge… qui ne vous a pas vu depuis deux ans ?

C'était au tour de Metzger à répondre oui, d'un signe.

— Eh bien ! eh bien ! ajouta Solange, les pleurs aux yeux, peut-être que, puisque vous n'étiez pas là, le petit Jésus l'aura oubliée… Prenez ma poupée, envoyez-la lui, je la lui donne.

Le soldat se pencha vivement vers la fillette ; il la regarda de ses gros yeux tout humides ; il soufflait très fort, ses lèvres tremblaient sous sa moustache, et l'on distinguait sur ses joues ce mouvement des muscles qui dénote une émotion comprimée. Les deux hommes commandés entraient dans la salle.

— Tais-toi, petite, et ne crains rien, dit à voix basse le sergent.

Puis, s'adressant aux soldats :

— Nous allons monter là-haut, et tout visiter. Armez vos fusils et ouvrez l'œil. Toi, la mioche, passe devant.

Les trois militaires et la fillette gravirent l'escalier : parvenus à la mansarde, le sergent posta l'un de ses hommes à l'entrée de la chambre, l'autre près de la fenêtre, puis, ouvrant le grenier, il y pénétra seul, et referma la porte sur lui. Le cœur de Solange galopait dans sa poitrine. Au bout d'un instant, la porte du grenier se rouvrit, Metzger reparut :

— Il n'y a rien là-dedans, dit-il. Redescendons. L'oiseau s'est envolé. Nous sommes bernés.

Et quand il se retrouva dans la salle du bas, seul avec Solange, il se pencha sur elle et lui glissa à l'oreille :

— Retiens bien ceci : « L'homme » peut rester là-haut toute la nuit prochaine et la journée du lendemain. Dis-lui d'être tranquille, il ne sera pas inquiété. Qu'il parte la nuit suivante, qu'il gagne Lancieux et Saint-Briac, où il pourra se rembarquer ; le pays ne sera pas gardé, j'emmènerai ma troupe d'un autre côté. As-tu bien compris ?

— Oui, monsieur le sergent.

— C'est bon ! Quant à ta poupée, je la prends : je l'enverrai à ma petite Odile. Je la prends, parce qu'un autre pourrait s'étonner comme moi que le petit Jésus apporte d'Angleterre des bibelots pareils à des bambines de ton âge. Cette fille-là t'occasionnerait trop de malheur. Là-dessus, *motus* ! Et n'oublie pas : par Lancieux et Saint-Briac.

Il sortit, rassembla sa troupe que, le soir même, il emmenait pour trois jours, avec les dogues, en expédition du côté de Matignon.

~

Telle est notre histoire à toutes les trois, ajouta la marquise de Flavigny, le seul drame de notre existence, à Odile, à Yvonne et à moi. Quinze ans plus tard, quand je me mariai, je fis avec le marquis le voyage d'Alsace ; j'allai à Gersheim, je m'informai du sergent Metzger, de sa fille Odile, car tous ces noms, vous pensez bien, étaient fixés dans ma mémoire. Je trouvai le vieux soldat dans sa houblonnière : il avait quitté le service, après avoir été décoré, à Austerlitz, de la main de l'Empereur. Bien souvent, il avait conté l'histoire de la petite Solange à sa fille qui avait conservé la « dame » ; quand il mourut, quelques années après, je pris Odile avec moi ; elle me rapporta Yvonne, et, depuis ce jour, nous ne nous sommes plus quittées.

LE PETIT NOËL DE QUATRE SANS-CULOTTES

Ils étaient quatre ; tous quatre originaires du *faubourg Antoine*, ce volcan aujourd'hui éteint qui, jadis, à intervalles presque réguliers, vomissait sur Paris des torrents de lave révolutionnaire.

Un matin d'août 1792, ils avaient suivi l'émeute roulant vers les Tuileries : le sac du château les avait très fort amusés ; ils avaient percé de coups de pique les matelas du *Gros Capet*, fusillé les dieux trônant dans les Olympes des plafonds peints, un peu cassé les glaces, beaucoup bu, et secoué, en vrais gamins, pour « faire la neige, » par les hautes fenêtres de la galerie de Diane, tous les édredons éventrés du palais.

De la politique, d'ailleurs, ils se souciaient fort peu, ce qui ne les empêchait point d'être, quelques jours plus tard, en septembre, partout où l'on égorgeait ; non pas qu'ils prissent part au massacre, mais *pour voir*, en badauds réjouis de la nouveauté du spectacle. Puis engagés, au son du tambour et des canonnades du Pont-Neuf, dans les bataillons de volontaires, ils étaient partis toujours chantant, riant, gouailleurs, pour l'armée de Champagne ; de là, ils étaient passés au corps du traître Dumouriez, dormant le jour, marchant la nuit, indisciplinés, bons soldats seulement les jours de bataille.

Le hasard qui les avait réunis se perpétua : ils rejoignirent ensemble l'armée des Alpes, firent partie de ces bandes légendaires que le petit Corse lança victorieusement sur la Lombardie : partis pieds nus, efflanqués, misérables, ils se retrouvèrent après la campagne bien chaussés, gras et confortables. Nul ne savait mieux qu'eux tirer parti des circonstances et profiter des aubaines : aussi les appelait-on les *Parigots* ; ils avaient, d'ailleurs, depuis longtemps oublié les noms que leur avaient légués leurs parents et adopté des dénominations plus conformes à leur modernisme : l'un se nommait *Nonidi*, l'autre *Decius*, le troisième *Tournesol* et le dernier *Pimprenelle*, tous vocables empruntés au calendrier révolutionnaire.

Quant à leur moral, l'analyse en sera courte : ils n'avaient pour règle de conduite que le désir de vivre le plus copieusement possible ; ils se méfiaient de leurs chefs, détestaient les aristocrates et les riches, méprisaient, comme il convient, la superstition et les prêtres ; dans les villages où l'on campait, ils étaient des premiers à l'église dont ils enfonçaient la porte, faisaient cuire la soupe avec les bois sculptés des confessionnaux, allumaient leurs pipes à la lampe du sanctuaire, buvaient le vin des burettes et se faisaient des mouchoirs avec la nappe de l'autel, exploits qui leur avaient valu la réputation d'esprits forts et de *philosophes*. Du reste, de l'entrain, de l'à-propos, de l'audace, bons garçons en somme, tantôt bandits, tantôt héros ; bref, de vrais faubouriens de Paris lâchés en conquérants sur le monde.

Or, cette année 1799, après avoir passé les mers, pris part à la conquête de l'Égypte, vaincu les *Bédouins*, écrit leurs noms sur les Pyramides, Nonidi, Décius, Tournesol et Pimprenelle faisaient partie du corps d'occupation qui, à la suite du siège de Saint-Jean-d'Acre, fut chargé d'occuper la Palestine et de lever, sur les Juifs de Jérusalem, de Gieffa et de Gaza, l'impôt qui devait solder les frais de la campagne.

Depuis quelques jours, la demi-brigade, dont les quatre Parigots faisaient l'ornement et la gloire, campait sous les murs de la ville sainte : des patrouilles, en tous sens, parcouraient le pays, pour assurer la sécurité des percepteurs ; à l'approche des Français, les pèlerins, comme bien on pense, avaient quitté les lieux saints ; les églises catholiques ou grecques étaient abandonnées ; les Turcs même avaient déserté leurs mosquées : il ne restait en Palestine que des Juifs, qui, après quelques velléités de résistance, ayant été copieusement rossés, se montraient, pour nos soldats, d'une obséquiosité exemplaire.

Dans la soirée du 24 décembre, Nonidi, qui était sergent, et ses trois compères se trouvaient de ronde dans la campagne : l'air était tiède, la nuit obscure : dans un bas-fond, véritable désert de cailloux et d'asphodèles, encaissé entre deux hautes collines dont le sommet se perdait dans le ciel sombre, les quatre hommes étaient assis. À cette heure mélancolique, mais souverainement douce, on n'entendait que le rauque coassement des grenouilles dans des citernes abandonnées. Décius dormait ; Tournesol sifflait *la Carmagnole* ; Pimprenelle « cassait une croûte ; » Nonidi ne faisait rien.

Ils étaient là depuis une heure quand, dans la nuit, au sommet de la colline qui fermait le ravin, un point lumineux brilla dans le ciel. Ce fut d'abord une lueur vague qui, peu à peu, se précisa. Elle s'avançait dans le ciel, d'un mouvement lent et régulier.

— Qu'est-ce que cela ? grommela le sergent à voix basse.

Le point de feu maintenant grandissait, étincelant dans l'air pur : on eût dit un astre descendu sur la tranquille vallée endormie.

— C'est un feu follet, dit Tournesol ; j'en ai vu comme cela dans les marais de la Bièvre.

— Un feu follet à cette hauteur, ce n'est pas possible ! répliqua Pimprenelle...

Décius, réveillé, s'était mis sur son séant et regardait d'un air terrifié.

— Oh ! fit-il, c'est l'Étoile !...

— L'Étoile ?...

— Oui, ajouta-t-il en baissant la voix, mais sans quitter le feu du regard ; oui, c'est dans ce pays-ci ; jadis, on m'a conté...

— Allons, vas-tu finir ?

— Eh ! vous savez bien, l'étoile miraculeuse qui conduisit les bergers à la Crèche... nous sommes dans la nuit de Noël... c'est l'Étoile, je vous le dis, c'est l'Étoile.

— Stupide ! grommela Pimprenelle.

Les autres, un peu émus, ne ricanèrent point.

— On verra bien, dit le sergent ; prenons nos fusils et nos sacs et marchons jusque-là, sans bruit ; plus un mot. En route.

Les quatre hommes s'équipèrent et gagnèrent le revers du ravin : l'*Étoile*, maintenant, descendait vers eux obliquement et se mit à les précéder : ils hâtèrent le pas pour la rejoindre. Nonidi devançait la petite troupe, curieux d'avoir le mot de l'énigme ; Tournesol et Pimprenelle le suivaient assez gaillardement ; Décius venait le dernier, sans entrain et marmottant :

— C'est l'Étoile... pour sûr ; c'est l'Étoile.

Le sergent tout à coup s'arrêta.

— Imbécile, dit-il à voix basse, regarde-la ton Étoile... C'est un citoyen qui porte une lanterne : où diable va-t-il ?

Et sentant peser sur lui les regards ironiques de ses compagnons, Décius prit son fusil :

— Celui-là, dit-il, va me payer la peur qu'il m'a faite.

Le sergent l'arrêta du geste.

— Pas de bêtise, pour le moment : il faut savoir ce qui attire ici ce particulier. Suivons-le, mais pas de bruit !…

∼

L'Étoile débouchait dans la plaine ; là, l'ombre était moins épaisse et les quatre soldats aperçurent, se profilant sur le ciel encore rosé du crépuscule, l'homme qui portait la lanterne : on distinguait sa silhouette, vêtue d'une longue robe : il portait sur la tête le bonnet pointu des Arméniens. Il s'engagea dans un champ d'oliviers, coupé de petits murs de pierres sèches ; puis tourna sur un chemin pierreux, et tout de suite rentra dans l'ombre. Nonidi et ses hommes, se guidant sur la lumière que projetait sa lanterne, allongèrent le pas ; ils se trouvaient dans la rue d'un village abandonné ; çà et là se dressaient les énormes cubes sombres des maisons désertes : aucune lueur ne filtrait des fenêtres closes ; aucun bruit ne troublait le silence.

L'Arménien poussa une porte battante qui se referma sur lui : les quatre Français s'arrêtèrent : le visage collé aux fentes de la porte, ils regardaient ; l'homme était entré dans une vaste église, splendide et déserte : sa lanterne projetait sur les mosaïques d'or, cassées et noircies, d'étranges lueurs fauves ; une quadruple rangée de sveltes colonnes soutenaient la voûte, ouverte par endroits. L'Arménien posa sa lanterne sur le sol et se prosterna au milieu du temple vide.

— J'ai mauvaise idée de ce citoyen-là, fit le sergent ; il me semble que le moment est venu... allons, les enfants, apprêtez les armes, et laissez-moi faire.

Puis, poussant à son tour la porte, il entra dans l'église, suivi de ses camarades ; au bruit, l'homme ne bougea pas ; il restait prosterné, le front sur les dalles. Nonidi marcha vers lui, et lui posant la main sur le dos :

— Eh bien ! mon garçon... il ne faut pas s'endormir là ; l'endroit est malsain.

L'Arménien releva la tête : c'était un vieillard à barbe grise ; il dévisagea d'un air étonné les soldats qui l'entouraient.

— Je prie, dit-il en français.

Il y eut un silence ; Nonidi semblait un peu déconcerté.

— Évidemment la chose n'est pas défendue, répliqua-t-il en lissant sa moustache... mais n'importe ; c'est louche. Comment s'appelle cet endroit-ci ?

— C'est l'église de la Nativité.

Les soldats échangèrent un regard ; ces mots ne leur rappelaient rien.

— Et le nom de la localité ? reprit le sergent.

— Bethléem.

Il y a une telle magie autour de ce nom que les quatre soldats tressaillirent ; Décius, instinctivement, se découvrit. Ce mouvement d'émotion n'échappa point au pèlerin ; il se releva, et prenant sa lanterne :

— Venez, dit-il.

Tous les cinq traversèrent l'église ; l'Arménien marchait le premier, marmottant des prières ; les soldats suivaient, s'avançant avec précaution, pris d'une sorte de recueillement. Ils descendirent un escalier de pierre poussiéreux et sonore ; au bas se trouvait une porte étroite en marbre blanc ; cette porte, qu'aucun vantail ne fermait, donnait accès à une vaste grotte composée d'une série de petits compartiments, d'étroits couloirs, encombrés de débris d'autels et de fragments de marbre ; la roche noire, suintante, formait la voûte.

L'Arménien, sans souci du respect humain, sans peur de ces « impies » dont il se faisait le cicérone, promenait sa lanterne, expliquant : « Ici était la Crèche où fut déposé l'Enfant ; ici se tenait couchée la Vierge ; ici on avait attaché l'âne et le bœuf ; ici s'agenouillèrent les rois mages. » Et les quatre soldats, le front découvert, curieux d'abord, émus ensuite, songeaient devant ces choses qui faisaient revivre en leur cœur les souvenirs effacés de l'enfance lointaine, les douces légendes que contaient leurs mères ; et l'étonnement naissait en leur esprit de se sentir là, dans ce lieu auguste, à jamais célèbre, dans cette grotte plus fameuse que les plus orgueilleux palais, et dont toute la gloire provient de ce qu'elle abrita, pendant quelques heures, le plus pauvre des enfants des hommes.

Le pèlerin expliquait comment, depuis des siècles, jour et nuit, les fidèles s'étaient pressés dans ce souterrain ; mille cierges l'éclairaient ; les rois de toute la terre l'avaient orné de merveilles ; puis la guerre était venue, les Français avaient envahi le pays, et, les lieux saints avaient été désertés ; lui, seul croyant parmi la population hérétique que n'avait point chassée l'invasion, n'avait point voulu qu'en cette nuit de Noël le lieu de la Nativité demeurât sans un hommage ; ceci dit, il s'agenouilla, et, sans plus s'occuper de ses compagnons, il se mit à prier.

Nonidi, Décius, Tournesol et Pimprenelle ne songeaient pas à s'en aller. Ils étaient pris d'une émotion souveraine, mais sans résistance possible, et si douce… Ce lieu, où, depuis dix-sept siècles, étaient accourues les multitudes désolées, où tant de cœurs s'étaient fondus en prières, ce lieu sacré les retenait dans un recueillement vague, attendri, reposant. Le sergent ne cherchait pas à dissimuler les larmes qui, lentement, tombaient de ses yeux : même ses compagnons le surprirent à murmurer, en regardant la crèche :

— Pauvre petit !

Elle était bien un peu familière et idolâtre la prière qui, sous cette forme fruste, échappait de son cœur ; mais elle répondait si bien à l'instinct de sa nature qu'elle dut prendre son essor vers le ciel aussi bien que les hymnes les plus magnifiques.

Et ce fut une nuit étrange que celle passée là par ces quatre hommes que tant d'avatars avaient endurcis et dont la froideur se fondait comme la neige d'avril sous un chaud soleil.

Sans doute ce n'était pas la ferveur des premiers chrétiens qui les animait, moins encore la foi éclairée d'où naissent les convictions fortes ; non, seulement le passé de piété naïve qui sommeille en toute âme française, se réveillait peu à peu ; ils songeaient aux fêtes pieuses de leur enfance ; des bribes de cantiques oubliés leur revenaient à la mémoire, ils se revoyaient dans l'église de leur faubourg ; et les belles processions des jours d'autrefois passaient devant leurs yeux humides, et aussi les porte-croix, les bannières, les fillettes en voiles blancs, les gardes-françaises faisant la haie, les soldats agenouillés en cercle devant le reposoir, tandis que les tambours battaient et que les fleurs de France pleuvaient sur les pavés…

Ils songeaient encore aux rochers de carton et aux moutons frisés de la crèche de leur paroisse, jadis, lors des vieux Noëls ; aux lampions de couleur brûlant parmi la mousse, toutes choses dont ils avaient ri, depuis lors : et toujours ils revenaient à la pierre grise devant laquelle priait l'Arménien prosterné et ils se disaient :

— C'était donc vrai ? C'est ici, c'est sur cette dalle qu'a poussé son premier cri l'Enfant dont l'image partout est adorée : c'est ici qu'il est venu pour que les rancunes se fondent et que les cœurs hautains s'humilient…

Lorsqu'ils reprirent, à l'aube, le chemin de la ville, ils marchaient silencieux, le front baissé, le cœur plein d'émotions nouvelles, et ils n'osaient se parler, de crainte de ne pas se reconnaître.

∼

J'ignore ce que sont devenus Décius et Pimprenelle : Nonidi suivit la carrière des armes qui lui fut propice : son nom – son véritable nom – est celui d'un des officiers que Napoléon promut général après la bataille d'Iéna : quant à Tournesol, de retour en France, son congé fini, il entra dans les ordres. C'est lui, croyons-nous, qui, en 1834, comme vicaire à la paroisse de l'Assomption, prononça sur le cercueil de La Fayette le suprême *Miserere*.

L'ÉTOILE

Dans la vaste et morne maison d'Ajaccio qu'habitait en 1779 Mme Buonaparte, on avait été obligé de démeubler une grande chambre, afin que les enfants pussent, aux heures de récréation, les jours de mauvais temps, donner libre cours à leur turbulence. Joseph y organisait, avec les vieilles robes de la *signora madre*, des lits aux poupées d'Élisa. Lucien, qui avait quatre ans, se traînait sur le tapis « pour faire le lion » et amuser son petit frère Louis, encore bambin. Quant à Napoléon, quand il s'était bien bourré de confitures, il dessinait des pantins sur le mur : c'était toujours des soldats rangés en bataille et alignés à miracle. Il n'était pas coquet et sortait dans les rues tout ébouriffé, les bas tombés sur ses gros souliers ; en raison de quoi les gamins l'appelaient *la mi-chaussette*.

M. et Mme Buonaparte étaient riches à la façon de ce pays et de cette époque, c'est-à-dire qu'ils avaient une maison de ville et cinq ou six cents livres de rente, représentés par un jardin planté d'oliviers, situé aux Millelli, sur une hauteur, près de la ville. Une servante alors se payait un petit écu par mois et Mme Buonaparte en avait deux, Caterina et Severia, sans compter la nourrice Ilari. Et c'est ainsi que Letizia Ramolino qui s'était mariée sans dot, à treize ans, avec Charles Buonaparte qui en avait quinze, et qui ne possédait, pour toute fortune, qu'un titre d'avocat, assez peu lucratif dans un pays où les différends se vident à coups d'escopette, c'est ainsi que le ménage, d'où naquirent treize enfants dont huit vécurent, parvenait à faire bonne figure et à tenir, avec ces cinq cents francs de revenu, un rang distingué dans la bourgeoisie *riche* d'Ajaccio !

Or, en cette année 1779, la veille de Noël, un paysan de la montagne, qui était le cousin d'Ilari, apporta, pour les enfants de Mme Buonaparte, une belle crèche, à laquelle il travaillait – en gardant ses chèvres – depuis bien des mois.

La Vierge Marie, Saint Joseph et l'Enfant Jésus étaient de belles statuettes d'os blanc ; les trois rois mages, Gaspar, Melchior et Balthazar, en leur qualité d'Éthiopiens, étaient, comme il convient, sculptés dans du vieux buis couleur de bois de réglisse ; ils portaient sur la tête de mirifiques couronnes dorées, énormes, où les cailloux et les morceaux de verre incrustés faisaient un ruissellement de pierreries. L'ange qui veillait sur le sommeil de l'Enfant-Dieu était en bois odorant de violette, l'âne était d'érable gris et la vache en pin rouge de Corte, où la sève étendait, pour plus de vraisemblance, de grandes taches brunes. Une resplendissante étoile, découpée dans une feuille de cuivre, étincelait parmi les brindilles et la mousse, au faîte de la grotte où s'abritaient les saints personnages.

Quand, le soir, tout fut endormi dans la maison, Mme Buonaparte, pieds nus, afin de ne pas faire de bruit, entra dans la pièce où dormaient ses enfants ; elle disposa sur la commode la belle crèche avec tous ses accessoires, jeta un coup d'œil aux petits lits de Joseph, de Napoléon, de Lucien et de Louis, traversa le cabinet voisin où couchaient Élisa et la bonne Severia, et rentra dans sa chambre, toute heureuse de la surprise que la maisonnée aurait à son réveil.

Ce fut, en effet, d'abord un étonnement admiratif, puis, la prière faite, non sans de furtifs regards décochés à la merveille qui encombrait de ses splendeurs le marbre de la commode, on s'approcha. À l'exception du petit Louis, les gamins avaient déjà l'air réfléchi et grave ; ils admirèrent tous les détails de la crèche, et les discutèrent longuement ; puis, quand on l'eut bien retournée, et qu'on en eut, un à un, étudié les personnages, on obtint de la transférer solennellement dans la chambre aux jouets, et ce fut Joseph qui se chargea du transport. Et toute la journée la maison résonna de cris de joie, entremêlés de Noëls en patois corse, et de cantiques appris au catéchisme, et de grandes disputes qui finissaient toujours par des dégringolades dans l'escalier et des courses échevelées sur toute la longueur du couloir qui traversait la maison.

Vers le soir, tout à coup, un silence profond succéda à ce tumulte. La chose était si insolite que Mme Buonaparte en fut presque inquiète ; elle vint, sans bruit, jusqu'au palier de la chambre, et, n'entendant rien, poussa la porte…

Las d'admirer la crèche, les enfants n'avaient pu résister au désir de la toucher, ensuite à l'envie de la démolir un peu. Les figures de Gaspar, de Melchior et de Balthazar excitaient surtout leur curiosité ; ils les avaient détachées de leurs socles, puis à force de les tourner et retourner, ils étaient parvenus à dévisser les lourdes couronnes rutilantes d'or et de pierreries et, se les étant partagées et posées sur la tête, ils jouaient « aux Rois Mages. » Quant à Napoléon, qui avait fait la distribution, il s'était attribué la belle comète, toute resplendissante et, la tenant au bout d'une règle, il remplissait le rôle d'étoile miraculeuse et guidait solennellement à travers la chambre ses frères couronnés. À l'aspect de la *signora madre*, le cortège s'arrêta un peu penaud ; les trois rois et leur guide eurent l'impression qu'ils avaient commis quelque chose d'énorme, et, de fait, sans mot dire, avec l'air sévère qu'elle savait affecter et qui faisait si peur, la mère prit les couronnes et l'étoile, confisqua la crèche qui fut mise sous clef dans une grande armoire, et envoya les quatre gamins se coucher, après leur avoir taillé, à chacun, un gros morceau de pain qui fut tout leur souper de Noël.

∽

Cet incident n'étonnerait guère dans la vie de ces quatre enfants qui devaient être mêlés à quelques événements plus importants, si, cinquante-six ans plus tard, il n'avait eu son contre-coup dans la vieillesse de *Madame Mère* ; tel est le nom sous lequel vivra immortellement dans l'histoire la femme qui mit au monde Napoléon.

En 1835, elle demeurait depuis dix-neuf ans à Rome, dans ce silencieux palais Falconière, rue Tulia, à l'angle du Corso et de la place de Venise.

Depuis la mort de *son petit*, à Sainte-Hélène, elle n'avait pas quitté le deuil : sur sa simple robe noire, elle avait pris l'habitude de porter, chez elle, en hiver, un tablier de taffetas, noir également, qu'elle remplaçait, en été, par un tablier blanc. C'était un lointain souvenir de l'humble ménagère de la maison d'Ajaccio.

Elle était presque aveugle et ne pouvait plus marcher... Elle se faisait promener dans son appartement sur un fauteuil à roulettes et parcourait ses salons, par une vieille habitude de *veiller à tout*, se faisant rendre compte des moindres détails du ménage. Quand elle rentrait dans sa chambre, on l'étendait sur un canapé : elle reprenait son fuseau, qu'elle maniait avec beaucoup d'adresse, et se faisait lire ou raconter les nouvelles du jour.

Tout, dans ce palais Falconière, était austère, grave et triste. Les rares visiteurs en pénétrant dans les antichambres y trouvaient deux laquais impassibles, revêtus de la grande livrée impériale, vert et or. Les appartements étaient sombres et vastes, aux plafonds très élevés ; d'épais rideaux, cachant en partie les fenêtres, ne laissaient pénétrer qu'un faible jour... Dans un premier salon, on rencontrait, étendu dans un fauteuil, le comte Colonna, chambellan de Madame Mère, toujours vêtu de noir, en culotte courte, en bas de soie, en souliers à boucles d'argent, l'épée au côté. Il sommeillait doucement, attendant que son service le réclamât. Madame, elle, vivait dans une pièce solennelle, où elle recevait les étrangers : sa figure était entièrement blanche ; aucune rougeur ne colorait ses joues : on eût dit que son sang s'était tari. Ses yeux, quoique perdus, étaient noirs et brillants, et un sourire de bienveillance errait sur ses lèvres.

Sa tête était coiffée d'une espèce de turban qui laissait à découvert un front très haut : elle s'enveloppait souvent d'un grand manteau d'hermine qui la recouvrait tout entière. À côté d'elle, se trouvait une petite table bien simple, bien fragile, sur laquelle, continuellement, elle laissait errer sa main. C'était cette table qu'*Il* avait eue jusqu'à la fin, près de son lit, à Sainte-Hélène, et qu'en mourant il avait léguée à sa vieille maman.

Et puis, quand elle avait, aux visiteurs, tendu sa main à baiser, elle commençait tout de suite à parler de lui ; elle appelait un vieux valet de chambre qui roulait sa chaise longue dans un salon voisin décoré des portraits des rois, reines et princesses de la famille impériale, en grands costumes. Au milieu d'un panneau, à la place d'honneur, était le père de tous ces souverains, le petit avocat d'Ajaccio... Madame Mère s'asseyait à sa place accoutumée, sous le portrait de son mari et tournait son visage vers lui. « Il était bel homme, disait-elle, il était grand comme Murat. » Puis, invinciblement, elle revenait à parler de *son petit*.

« Oh ! songeait-elle, il avait aussi une belle figure, quand il était de bonne humeur. Mais quand il réfléchissait à *sa grande affaire*, il prenait une physionomie bien sérieuse ; alors je lui disais : « Mon enfant, je me fâcherai quand on me dira que tu me ressembles. » Cela le faisait rire et il m'embrassait : « *pauvret*, il était si bon ! »

La bonne Severia, la fidèle gouvernante qui, depuis soixante ans n'avait pas quitté *la signora madre*, était toujours là. Madame causait avec elle en patois corse. Dans la chambre, derrière la chaise longue était une grande armoire, avec des ornements de cuivre. À part les planches qui garnissaient le haut et sur lesquelles étaient rangés divers paquets méthodiquement enveloppés, cette armoire était vide et était destinée à servir d'épouvantail aux enfants. *Les enfants*, c'étaient le fils et la fille de l'ancien roi de Westphalie, le prince Jérôme et la princesse Mathilde. Si l'un d'eux faisait du bruit ou troublait la conversation des parents, il était menacé de la *prison dans la grande armoire de bonne-maman*, et il se taisait aussitôt.

Madame Mère, malgré sa cécité, aimait à *ranger* : Severia lui apportait sur sa chaise longue les objets – souvenirs précieux ou simples bibelots – qu'elle désignait, et elle les développait, les tâtait, les caressait de la main, se rendait compte de leur état de propreté, puis elle les enveloppait elle-même et les remettait à la vieille gouvernante. Cette mère de tant de rois était restée la ménagère ordonnée et méticuleuse d'autrefois. Voilà à quoi elle s'occupait, la veille de Noël, en 1835 ; elle avait entrepris une revue de ses armoires pour chercher ce qui, parmi les reliques de son passé, pourrait plaire « aux enfants » comme cadeau de Noël. Severia venait de mettre entre ses mains un assez volumineux paquet, enveloppé de gros papier ancien, et Madame l'avait ouvert. De ses vieux doigts si blancs et si maigres, elle cherchait à se rendre compte de la nature des objets qu'elle en avait sortis ; elle ne put y réussir sans le secours de Severia : c'était une étoile de cuivre, toute ternie, et trois grosses couronnes de bois grossièrement doré et peint – et les deux vieilles s'étonnaient de cette découverte inattendue, quand tout à coup la *madre* s'émut...

« Oh ! Severia, dit-elle... je me souviens... comme c'est loin, mon Dieu, comme c'est loin... »

Et courbant le front, elle songea, silencieusement.

« Tu ne te rappelles pas, ajouta-t-elle après quelques instants, là-bas, à Ajaccio, le jour où le cousin d'Ilari apporta cette crèche ?... Mes chers petits étaient-ils heureux ! Quels cris pendant toute la journée ! Et le soir, lui, avait décroché l'étoile, et distribué à ses frères les couronnes... te rappelles-tu, Severia, te rappelles-tu ? Quel présage ! Et moi, obligée de me montrer sévère, je leur ai pris des mains leur étoile et leurs couronnes... je n'y avais plus pensé, je ne les avais pas revues depuis... les voilà, telles qu'ils les ont touchées, il y a près de soixante-dix ans... » Et sur le visage impassible de l'impératrice mère, on vit se creuser deux rides qui s'emplirent de larmes : – toute l'épopée, devant ces simples objets, repassait en son esprit. – Elle songeait à lui, mort loin d'elle... aux présages qui, pendant toute sa vie, avaient semblé le guider comme sur une route d'avance tracée par Dieu, au saule de Sainte-Hélène, foudroyé dans la nuit du 5 mai 1821, à la comète qui, dans le printemps de cette année fatale, avait traversé le ciel et disparu au jour précis où mourait l'homme du Destin... et elle caressait comme un talisman, cette étoile de cuivre, qu'il avait, enfant, dérobée au ciel de la crèche de l'Enfant-Dieu... Elle revenait à ces couronnes que ses autres bambins s'étaient partagées, et ce souvenir d'une espièglerie d'enfant prenait, en son esprit, la grandeur d'une inéluctable prédestination.

~

Un écrivain illustre, visitant, à Ajaccio, la maison où naquit l'Empereur, a tracé ce croquis : — « Pour moi, l'âme et l'épouvante du lieu, c'est, dans la chambre de Mme Letizia, un pâle portrait d'elle-même, placé à contre-jour, que je n'avais pas remarqué d'abord et qui, à l'instant du départ, m'arrêta pour m'effrayer au passage. Dans un ovale dédoré, sous une vitre moisie, un pastel incolore, une tête blême sur fond noir. Elle lui ressemble, à lui, elle a les mêmes yeux impératifs, et les mêmes cheveux plats en mèches collées ; son expression, d'une intensité surprenante, a je ne sais quoi de triste, de hagard, de suppliant... La figure, on ne comprend pas pourquoi, n'est pas restée au milieu du cadre... et l'on dirait une morte, effarée de se trouver dans la nuit, qui aurait mis furtivement la tête au trou de cet obscur ovale, pour essayer de regarder à travers la brume du verre terni... ce qu'est devenue la gloire de son fils. »

Dans cette vieille chambre, mangée aux vers sur une commode à marbre gris, on voit une « crèche de Bethléem, » dont tous les personnages d'os et de bois sculpté sont poussiéreux, cahotants, écroulés les uns sur les autres. Les trois rois mages Gaspar, Melchior et Balthazar ont retrouvé leurs couronnes — mais l'étoile — l'étoile miraculeuse — a disparu. Et rien n'est angoissant comme la vue de ce jouet qui rappelle cette mère et ce fils, *cette maman et son petit*, lui, toujours « affolé de gloire » — elle toujours « inquiète, sévère, clairvoyante et attristée. »

MATHIOTE

Cette veille de Noël, Mathiote s'était dirigé, à la nuit tombante, sans quitter son noir costume de ramoneur, vers l'hôtel de Plessis-Morambert. Le hasard d'une cheminée à nettoyer l'avait amené là, certain soir de Noël où le comte de Morambert disposait dans l'âtre une énorme pyramide de jouets et de sucreries que devait y découvrir le lendemain matin son fils Jacques : Mathiote avait le même âge que l'enfant du comte qui, surprenant le regard, non pas d'envie, mais d'admiration, lancé à toutes ces belles choses par le petit ramoneur et, séduit par l'air intelligent et honnête du jeune ouvrier, avait causé quelques instants avec lui, lui avait donné une pièce d'or et l'avait fait dîner à l'office. Le souvenir attendri de cette aubaine ramenait là, depuis trois ans, à pareille date, le petit ramoneur qui, chaque fois, y retrouvait le louis d'étrennes et la soupe grasse, vers lesquels il était conduit, il faut le reconnaître, tout autant par la reconnaissance que par la gourmandise ou l'intérêt.

Or, ce soir-là, qui était le 24 décembre 1793, il ne fut pas peu déconfit en trouvant l'hôtel fermé : aucune lumière ne brillait aux fenêtres : il laissa retomber plusieurs fois le marteau de la porte sans obtenir de réponse. Il était sur le point de s'en retourner, très déçu, lorsqu'à l'extrémité de la rue, il distingua, dans l'ombre déjà épaisse, les silhouettes d'un enfant et d'un homme, qui marchaient à grands pas vers l'hôtel. Mathiote reconnut Jacques de Morambert et courut à lui. — « C'est toi, mon pauvre garçon, fit le jeune gentilhomme tout ému… Viens, viens vite, entrons… » Et dès qu'ils furent dans la maison, Jacques éclata en sanglots. — « Il y a huit jours, dit-il, que mon père est arrêté : le comité révolutionnaire de la section l'a dénoncé… avant la fin de l'année, il passera devant le tribunal… Mon pauvre Mathiote, mon père est perdu ! » Et les sanglots de l'enfant redoublèrent. Mathiote, consterné, apprit, lui dont la Terreur n'avait en rien changé l'existence, que le comte était accusé *d'incivisme*, crime terrible à cette époque ; et que l'échafaud l'attendait. Depuis huit jours, Jacques allait chaque soir devant la prison : on lui avait refusé la consolation de parler à son père : mais du moins il voyait, à travers les barreaux d'une petite fenêtre donnant sur la rue, le comte qui lui envoyait des baisers ; l'enfant restait là jusqu'à la nuit, à l'heure où la prison s'éclairait… Il revenait d'accomplir ce douloureux pèlerinage au moment où Mathiote l'avait rencontré.

— Ne vous désolez pas, monsieur Jacques, fit le petit ramoneur consterné de ce qu'il venait d'apprendre : il n'est pas possible que ces mauvaises gens fassent mourir M. le comte qui est si bon et si charitable...
— Hélas ! c'est cela même qui le perdra...
— Prenez courage... laissez-moi faire. — Que pourrais-tu tenter ?... Toute démarche ne ferait que hâter la condamnation. » Et Jacques recommença à pleurer. Mathiote le consola de son mieux : les deux enfants restèrent seuls près d'une heure. Quand le ramoneur quitta l'hôtel, la nuit était tout à fait tombée. Il reprit allègrement et presque joyeux le chemin du centre de Paris.

∽

Le comte de Plessis-Morambert avait été écroué à la prison de l'Abbaye. Dans les premières heures de sa captivité, en proie à cette surexcitation rageuse qui enfièvre tous les détenus, il avait tourné dans son cachot comme un fauve en cage, explorant le moindre coin de son réduit, secouant les barreaux de la fenêtre, cherchant à ébranler la porte, s'efforçant à découvrir quelque moyen d'évasion. La solidité des grilles qui obstruaient sa croisée, l'épaisseur des murs, l'énorme dimension de la serrure que maintenaient de fortes vis, eurent bientôt dissipé ses illusions. À cet inévitable affolement, l'inactivité forcée avait fait succéder de longues heures de prostration ; une sorte de résignation calme s'était enfin emparée de lui, et, ce soir-là, sous la lueur trouble d'une lanterne qu'avait allumée son geôlier, assis dans l'unique fauteuil de paille qui meublait sa prison, le front dans la main, les yeux fixés sur l'âtre vide, il songeait avec mélancolie... Sa pensée allait à la maison où il se savait aimé : il voyait son petit Jacques en larmes, seul dans l'hôtel désert, joignant les mains pour prier Dieu. Et il se rappelait les soirs d'autrefois à pareille date où l'enfant mettait, avant de s'endormir, ses escarpins devant la cheminée, dans l'espoir d'une visite du Petit Jésus, visite qui ne manquait jamais.

Que penserait Jacques, demain, lorsqu'en s'éveillant, il s'apercevrait que l'Enfant-Dieu l'avait oublié ? Et à la pensée de cette déception inévitable, le comte de Morambert fixait ses yeux pleins de larmes sur son foyer sans flammes, tout ému au souvenir des soirs heureux, où, sans bruit, il se glissait dans la chambre de son fils endormi et disposait dans la cheminée les jouets enrubannés, les fiers soldats de bois couchés dans leur boîte de sapin blanc, les oranges d'or, les fruits glacés dont l'arrangement prodigieux arrachait à l'enfant, dès son réveil, des exclamations de bonheur. Tandis qu'il se laissait aller à son rêve attristé, un bruit strident se fit entendre dans la cheminée : une pluie abondante de gravois et de suie crépita sur l'âtre de pierre, suivie, presque aussitôt, d'un volumineux paquet étroitement sanglé, qui tomba lourdement et roula jusqu'au milieu du cachot. Grandement surpris de cette anormale aventure, le comte s'était levé, et ses regards allaient de la cheminée au mystérieux colis, lorsqu'il aperçut tout à coup deux pieds se balançant au-dessus du foyer : en un instant ces pieds atteignirent le sol, une forme noire s'accroupit dans l'âtre, et d'un effort sauta dans la chambre en même temps qu'une voix prononçait ces mots : — Ne craignez rien, monsieur le comte... c'est moi... c'est Mathiote.

C'était Mathiote en effet. Debout devant le prisonnier, le visage et les vêtements noirs de suie, il souriait montrant ses dents blanches : ses yeux dans sa face d'encre paraissaient clairs et brillaient d'un étrange éclat.

— « Mathiote ? » fit le gentilhomme cherchant à rappeler ses souvenirs...

— Je ne vous ai pas oublié, moi ! J'arrive de chez vous. M. Jacques va bien ; dame, il n'est pas gai ! mais nous parlerons de lui plus tard... Je viens vous chercher.

— Me chercher !...

— Oui, ne perdons pas de temps... parlez bas. J'ai tout ce qu'il faut : voici d'abord des vêtements pour vous. »

Et le petit ramoneur, fébrilement, dénouait le paquet de haillons qui l'avait précédé :

— Je les ai pris chez mon patron : voici un rouleau de louis que M. Jacques m'a donné : il y a deux mille francs, m'a-t-il dit : ça peut servir ; mais il faut les cacher. Dans un quart d'heure, nous serons dehors...

— Mais par où sortir, mon pauvre petit ? Tu n'espères pas me faire prendre la route que tu as suivie ? D'ailleurs, où nous mènerait-elle ? sur les toits...

Comment es-tu parvenu toi-même à trouver le chemin de mon cachot ?

— M. Jacques m'avait dit : la dernière fenêtre à l'angle de la rue Sainte-Marguerite : j'ai bien examiné ; avec un peu d'habitude, rien n'est plus facile... Mais, monsieur le comte, je ne vous répondrai plus, si vous le permettez : nous causerons dans la rue. Je me mets à l'ouvrage : habillez-vous.

Mathiote était allé à la porte du cachot et examinait la serrure : y tira de sa poche un tournevis et se mit en devoir de détacher l'énorme ferraille. Il travaillait avec une précision pleine d'habileté. Le prisonnier le regardait faire, ébahi. Il était dans une de ces situations d'esprit où l'âme amollie et découragée est d'avance subjuguée et soumise. À un geste impératif de Mathiote il obéit presque machinalement, ôta sa redingote et, par-dessus ses autres vêtements, commença à revêtir le pantalon raide de suie, la veste huileuse et noire que l'enfant avait apportés. Sur un autre signe, il rejeta sa perruque, alla à la cheminée, se noircit hardiment les mains et le visage ; il avait l'aspect d'un ramoneur accompli lorsqu'il revint vers Mathiote qui, d'un air de triomphe, sans dire un mot, lui montra la serrure, enfin détachée.

L'enfant approuva d'un signe de tête la transformation du gentilhomme, puis, s'approchant de lui, il lui dit à voix basse :

— Vous êtes sauvé : prenez sur vous l'argent, cachez-le : j'ai gardé un louis dont j'aurai besoin. Vous descendrez l'escalier derrière moi. Quand je m'approcherai de la sentinelle, passez votre chemin sans vous arrêter... sortez hardiment dans la rue et tournez à gauche sans hésitation. C'est bien entendu ?

Le comte lui répondit par un serrement de main : Mathiote ouvrit la porte, jeta un regard dans le couloir : il était désert. Sans précipitation il livra passage au prisonnier, sortit avec lui, ramena la porte et tous deux s'engagèrent dans le corridor et descendirent l'escalier.

Dans le vestibule de la prison, le geôlier qui depuis moins d'une heure venait de prendre la garde, dormait dans une cage vitrée que chauffait un poêle de terre et qu'éclairait mal une lanterne posée sur la table. Le comte, guidé par l'enfant, se tint dans l'ombre où sa silhouette noire disparaissait entièrement, tandis que Mathiote, hardiment, tapait à la vitre et réveillait le gardien.

— Cordon... citoyen !

Le geôlier ouvrit les yeux, dirigea la lumière de sa lanterne vers celui qui l'appelait, ne vit que l'enfant chargé de cordes, de crochets, de balais, accessoires indispensables, et, rassuré, tira le cordon. La porte s'ouvrit : le comte mit le pied sur le seuil ; mais c'est à peine s'il put contenir un mouvement de recul à la vue de la sentinelle qui, au bruit du loquet, s'était retournée... mais Mathiote avait tout prévu.

— Excusez, militaire, dit-il, dès que la porte fut retombée sur lui ; si vous vouliez m'indiquer où est le chef de poste...

— Le chef de poste ? Qu'est-ce que tu lui veux ? Que fais-tu là… qu'est-ce que cet homme qui sort ? On ne passe pas !…

— Je voudrais remettre à votre officier une pièce d'or que j'ai trouvée là-haut, dans une chambre vide, en balayant les cendres de la cheminée… la voici… je ne sais qu'en faire…

Et l'enfant montrait au soldat un louis neuf qui, dans la nuit, scintillait au bout de ses doigts noirs.

Le sans-culotte – Mathiote l'avait flatté en l'appelant *militaire*, – examina la pièce et la mit dans sa poche – le louis, à cette époque, valait deux cents francs d'assignats – et très radouci, grommela :

— C'est bon ! je la remettrai moi-même au chef, ce n'est pas la peine de le réveiller pour si peu.

— Merci, citoyen.

— De rien, moricaud.

Et Mathiote, tout courant, rejoignit le comte de Morambert, qui, pendant ce colloque, avait gagné le large et s'éloignait à grandes enjambées dans la rue de Buci.

∼

Le brave enfant avait son plan : il n'ignorait pas qu'il était impossible de cacher le comte dans Paris : les visites domiciliaires rendaient illusoire toute tentative de dépister la police : et d'ailleurs où trouver, à cette époque de terreur, un être assez héroïque, assez fou, pour offrir, ne serait-ce que pendant une nuit, l'hospitalité à un prisonnier évadé, dont la fuite allait, dès le lendemain, être signalée à tous les agents du comité de Sûreté générale.

Aussi Mathiote avait-il résolu de sortir de France et de gagner la Savoie : là, du moins, il connaissait une maison, celle de ses parents, où son noble protégé pourrait séjourner sans danger jusqu'à ce que fût passée la tourmente révolutionnaire. En dix jours, la frontière pouvait être atteinte, et deux Savoyards, retournant au pays dans leur costume national de ramoneurs, avaient grande chance de n'éveiller sur la route aucun soupçon.

Par surcroît de précaution, il enveloppa d'une bande de toile la tête du gentilhomme, comme si quelque blessure avait nécessité ce pansement, destiné en réalité à expliquer le mutisme absolu que devait observer le comte dès qu'on se trouvait en présence d'un tiers. Mathiote se chargeait de répondre à toutes les questions, de décourager toutes les curiosités.

D'ailleurs, ils n'en éveillèrent aucune : au bout du second jour de route, le comte de Morambert, mal accoutumé à la marche, privé de tout le confortable auquel il était habitué, mangeant du lard dans les auberges, buvant de l'eau aux fontaines, couchant sur la paille dans les granges, n'avait plus besoin de se contraindre et jouait au naturel le personnage d'un ouvrier harassé, malade, blessé, se traînant tant bien que mal sur les routes pour regagner son pays. Personne n'eût pu soupçonner un ci-devant dans cet homme amaigri et sale qui ne parlait pas, mais dont le jeune compagnon baragouinait avec tant de facilité le patois savoyard.

Le comte, d'ailleurs, admirait l'ingéniosité et la force d'âme de cet enfant qui l'avait sauvé. Jusqu'alors, il n'avait pas été à même d'apprécier les robustes vertus des gens du peuple ; – pour tout dire, en véritable gentilhomme, il n'y croyait guère ; et c'était pour lui un sujet toujours nouveau d'étonnement que le dévouement, le désintéressement absolu de ce pauvre ramoneur qui risquait sa vie en reconnaissance d'une soupe grasse et d'un louis d'étrenne ; tout le jour, pendant les longues marches, le comte paraphrasait en lui-même ce mot célèbre : *où diable la vertu va-t-elle se nicher !* et si son orgueil aristocratique ne souffrait pas de la leçon, du moins l'opinion toute faite qu'il avait de l'âpreté des *vilains* s'en trouvait-elle fortement ébranlée.

Douze jours après leur départ de Paris, les fugitifs arrivaient enfin au dernier village français : Mathiote, frais, dispos et plein d'entrain, le comte harassé, boiteux, se traînant à peine. Ils s'étaient arrêtés, après toute une nuit de marche, dans une auberge où ils se faisaient servir du pain et du beurre, quand l'hôtelier s'adressant à Mathiote.

— C'est ton père ? demanda-t-il, désignant le comte.

— C'est le frère de mon patron.

— Il est malade ?

— Il a été blessé en tombant d'un toit. Je le remmène au pays.

— Tu as un passe-port ?...

— Un... quoi ?

— Vous ne passerez pas la frontière sans papiers ; le pont est gardé par les patriotes : hier encore ils ont arrêté deux émigrés déguisés en marchands de fromage.

Mathiote devint pâle sous la couche de suie qui recouvrait son visage : il n'avait pas prévu ce dénouement. Pourtant il se contint.

— Je ne sais pas, répondit-il simplement ; j'aimerais bien passer tout de même, car je voudrais être arrivé : le vieux ne peut plus se traîner, ajouta-t-il, d'un ton de confidence.

— Pour passer, il faut des papiers, répliqua l'homme.

Et il s'occupa d'autre chose.

Une heure plus tard, les fugitifs, assis sur un tronc d'arbre au bord du chemin, s'ingéniaient, sans y réussir, à trouver un moyen de franchir le dernier obstacle qui les séparait du salut. Devant eux la route descendait toute droite jusqu'au bord d'un ruisseau qu'elle franchissait sur un pont. Au delà de ce pont c'était l'étranger : ils n'en étaient pas à cinq cents toises, et même ils apercevaient le poteau peint aux couleurs de Savoie qui marquait la frontière.

Mais à quelques mètres en deçà du ruisseau, ils apercevaient devant le poste de la douane une dizaine de patriotes bien armés, chargés de garder le passage.

— « Écoutez-moi, monsieur le comte, disait Mathiote, vous allez faire un dernier effort ; nous nous jetterons à travers champs, nous passerons le ruisseau sur la glace, et...

— C'est impossible, mon pauvre Mathiote ; c'est à peine si je peux mettre un pied devant l'autre : je ne saurais pas faire trois pas dans cette terre gelée !...

— Alors, essayons de gagner le poste : pendant que j'amuserai les soldats vous rassemblerez toutes vos forces, et, en courant jusqu'au pont...

— Courir !... fit piteusement le comte en montrant ses jambes endolories. Du reste les balles de leurs fusils m'auraient vite rattrapé.

— Ils tireront, soit ; mais ils peuvent vous manquer...

— Et ils te garderaient prisonnier, et tu payerais de ta vie ton dévouement : je n'y consentirai pas, mon pauvre enfant.

— Alors ?... fit Mathiote, tout triste.

— Alors, c'est fini : nous échouons au port : abandonne-moi sur cette route et gagne la frontière à travers champs... je ne me livrerai que quand je te verrai en sûreté.

Mathiote se gratta la tête, et après quelques instants de silence réfléchi :

— Nous avons une dernière chance, monsieur le comte ; nous allons tranquillement nous avancer sur la route jusqu'à l'endroit que gardent les soldats. S'ils nous demandent nos papiers, vous continuerez à marcher, aussi vite que vous le pourrez, pendant que je déboutonnerai lentement ma veste et que je ferai semblant de chercher notre passe-port dans mes poches ; vous aurez ainsi gagné quelques toises... après, dame ! à la garde de Dieu... Seulement... L'enfant hésita à poursuivre.

— Eh bien ?

— Seulement... puisque nous ne sommes pas certains d'échapper, il est inutile que vous gardiez sur vous le rouleau de louis ; si on vous fouillait, une telle somme en or vous compromettrait irrémédiablement.

Le comte acquiesça d'un signe de tête : les derniers mots de Mathiote lui révélaient la réalité : vraiment il était bien ridicule d'avoir pu penser qu'un enfant du peuple le servait, lui, gentilhomme, par pur dévouement.

C'était la première fois qu'il se laissait prendre au simulacre de désintéressement d'un ouvrier ; mais l'expérience était concluante : le jeune Savoyard n'avait eu qu'une idée, s'approprier cette somme qui, pour lui était une fortune, et, il se faisait ainsi payer ses services. Le comte tira l'argent de sa poche et avec une moue de mépris la mit dans la main de son compagnon ; puis passant la main sur son front pour en chasser les pensées amères que lui inspirait sa déception, il se leva péniblement.

— Je vais me livrer, dit-il ; toi, tâche d'échapper si tu peux : tu as raison, chacun pour soi.

— Je ne vous quitte pas, répondit Mathiote qui le suivit tout joyeux.

Quelques minutes plus tard les fugitifs arrivaient devant le poste : les soldats, sans méfiance en présence du costume caractéristique des deux voyageurs, les laissèrent passer non sans quelques ricanements ; mais, à peine eurent-ils fait quelques pas vers le pont que l'officier, pris de soupçons, appela ses hommes.

— Eh bien ! eh bien ! fit-il, en voilà deux qui violent la consigne... Eh ! petit !

Mathiote sembla ne pas entendre... c'était quelques toises de gagnées.

— T'arrêteras-tu, garnement ?

Mathiote se retourna, et, d'un air étonné, revint vers le poste, tandis que le comte, rassemblant ses forces, se hâtait vers la frontière.

— Que me voulez-vous, citoyen ? demanda naïvement l'enfant.

— Ton passe-port... Et ton compagnon là-bas... il est donc sourd ?

— Il est blessé.

— Qu'il s'arrête ou nous faisons feu.

— Citoyen, ne tirez pas… Mon passe-port ? mais je vais vous le donner, mon passe-port. Et, tout en surveillant du coin de l'œil le comte de Morambert qui n'était plus qu'à quelques mètres du pont, Mathiote plongeait la main dans toutes ses poches, retournait sa casquette, vidait son sac. Cette manœuvre n'échappa point à l'officier qui, devinant le subterfuge, appela ses hommes d'un formidable juron.

— Tirez donc ! Vous ne voyez pas que c'est un ci-devant qui vous brûle la politesse… Abattez-moi cet homme-là… Feu ! Feu !

Tous les fusils s'abaissèrent. Mathiote, d'un bond, se jeta devant eux… les soldats hésitèrent à fusiller à bout portant cet enfant désarmé.

— Feu ! répéta l'officier, faites feu ou ils nous échappent.

Mais à ce moment, Mathiote, prenant à pleine main les pièces d'or qui remplissaient sa poche, les jeta, comme des dragées de baptême, aux pieds des soldats, prêts à tirer…

En un instant ce fut une indescriptible mêlée : la vue de cet or, roulant sur la route, affola les hommes qui, jetant leurs armes, se précipitèrent pour le ramasser, se bousculant, se renversant, s'arrachant ce butin inespéré.

Mathiote ne s'arrêta pas à considérer cet épique tableau. Déjà il avait rejoint le comte de l'autre côté du pont, *hors de France !*

Et, tandis que les soldats luttaient encore, se disputant une dernière pièce, l'enfant levant sa casquette, cria dans son patois savoyard :

— « Evviva la libertà ! »

Et il alla rejoindre son compagnon, qui, harassé, pleurant de joie, de fatigue et de reconnaissance, était tombé au pied du poteau aux trois couleurs de Savoie.

LE NOËL DU DUC DE REICHSTADT

Lorsqu'on parcourt Schœnbrunn, grand château impérial d'une petite architecture, situé dans la banlieue de Vienne, le cicérone, après vous avoir promené dans les galeries d'apparat, vous ouvre un appartement dont la visite est plus impressionnante, à elle seule, que celle des quinze cents chambres et des cent trente-neuf cuisines que contient le palais. C'est là que, dans la demeure de la fière Marie-Thérèse, dans le traditionnel sanctuaire de la monarchie autrichienne, vécut à deux reprises – après Austerlitz et avant Wagram – Napoléon, vainqueur du vieil Empire allemand.

Par une coïncidence émouvante, voulue peut-être, c'est dans le même appartement que languit et trépassa vingt-deux ans plus tard le duc de Reichstadt, né roi de Rome et mort colonel autrichien.

Quand on vous a montré ces chambres, on vous raconte une histoire : une histoire si étrange, si romanesque, si naïve, – si vraie pourtant, – qu'on croirait entendre un de ces contes d'autrefois où des jeunes princes, sous la garde de geôliers jaloux, recevaient, grâce au concours des fées, la visite d'un bon génie, protecteur et bienfaisant.

Vers la fin de l'automne de 1823, un étranger était venu s'établir à la *Couronne de Hongrie*, l'une des auberges voisines du château de Schœnbrunn. Comme il semblait ne s'occuper que de lui-même, soignant ses menus, passant de longues heures à la brasserie, ne fréquentant personne, la police, après l'avoir observé pendant quelque temps, avait cessé de s'inquiéter de lui. On le disait Français et riche, venu en Autriche pour chasser dans les bois du Leopoldsberg ; il partait, de grand matin, son fusil sur le dos, toujours suivi d'un domestique à rudes moustaches qui semblait être plutôt son ami que son serviteur, et ne rentrait qu'à la nuit tombante à son hôtel : il dînait fort, lisait les feuilles ; puis, il allait, s'il faisait beau, fumer sa pipe sur le seuil, en regardant de loin la longue silhouette sombre du château, qui se profilait au fond d'une immense esplanade, et où brillait seulement, au premier étage de l'aile droite, une petite lumière, discrète et pâle, indiquant la pièce où veillait le jeune prince… l'aiglon captif auquel on avait coupé les ailes.

Il convient de dire encore que l'étranger s'était lié avec quelques-uns des serviteurs du château, qui venaient, leur besogne terminée, passer la soirée à la *Couronne de Hongrie* : il se montrait grand amateur de fleurs rares, et, grâce aux relations qu'il s'était ménagées parmi les jardiniers et la livrée de la résidence, il allait souvent flâner, pendant de longues heures, dans les serres et les jardins du palais.

Or, en cette année 1823, la cour vint, à l'occasion des fêtes de Noël, s'installer à Schœnbrunn. Suivant un vieil usage allemand qui, depuis lors, s'est propagé dans le monde entier, on avait élevé dans la galerie un haut et vert sapin arraché aux flancs du Schneeberg.

L'arbre dressait son tronc robuste et droit jusqu'aux voûtes couvertes de fresques, où se jouaient les divinités de l'Olympe. Les hautes glaces reflétaient les branches vertes, alourdies de jouets, d'oranges, de sacs de bonbons, d'oiseaux empaillés, de mignons soleils d'étain, de rubans, de clochettes, qui scintillaient à la lumière de mille bougies, brûlant dans des lampions de verre de couleurs variées, dont s'égayait le feuillage sombre. Le cercle intime de l'Empereur, feld-maréchaux aux brillants uniformes, grandes dames en toilette de gala, avait été convié à la fête.

C'était une fête, en effet ; François II, qui n'avait pas beaucoup d'idées, avait conçu celle de présenter à sa cour son petit-fils, qui, jusqu'alors avait vécu, reclus et solitaire, dans la peu récréative société du comte Dietrichstein, son précepteur, du capitaine Foresti, son professeur d'art militaire, et de M. de Metternich, chargé, tâche particulièrement délicate, de lui apprendre l'histoire.

L'histoire, enseignée au fils de Napoléon, par Metternich !...

D'ailleurs, l'élève était docile et studieux ; ses maîtres se montraient satisfaits de ses heureuses dispositions, et c'était justement pour le récompenser de son application au travail que l'Empereur François s'était décidé à le présenter à la Cour et à le traiter avec les égards auxquels son titre de prince lui donnait droit.

Dans le salon, autour de l'arbre de Noël, s'étaient groupés les trois mentors, que François II questionnait, en attendant l'entrée en scène de l'enfant impérial.

— Sire, disait le comte Dietrichstein, le prince Franz – tel était le nom allemand de Napoléon II – le prince Franz me comble de satisfaction : son ardeur à l'étude, sa ténacité d'esprit, son intelligence vive secondent merveilleusement les soins que je prends de son éducation littéraire. Il est, c'est vrai, quelque peu rebelle à Tacite et à Horace ; mais il traduit à livre ouvert les *Commentaires de César*, et ce livre est devenu sa lecture favorite.

— Hum, César ! fit l'Empereur dont le visage se rembrunit. Ne craignez-vous pas que César n'éveille en son esprit une comparaison fâcheuse... ? Jamais une allusion de sa part... ? Jamais une question indiscrète... ?

— Oh ! Sire ! Le prince Franz a heureusement oublié jusqu'au nom de son pays, et l'homme que le malheur a voulu qu'il ait pour père n'existe pas pour lui… Ça, je m'en flatte, et M. de Foresti pourra vous confirmer mon assertion.

— De tous points, Sire, fit le professeur d'art militaire, en s'inclinant. Appelé à l'honneur d'apprendre au prince Franz les choses de la guerre, je l'ai élevé dans le culte des grands capitaines… L'illustre Marie-Thérèse, le grand Frédéric sont ses héros, et…

— Et… l'autre ? reprit l'Empereur en hésitant, son père… ?

— Je n'avais pas à prononcer le nom de cet homme néfaste, dont les rares succès, dus au hasard, n'ont rien à voir avec l'art de la stratégie…

— Monsieur de Metternich, en lui enseignant l'histoire, n'aura, sans doute, pas pu garder le même silence.

— Je vous en demande pardon, Sire, repartit Metternich ; j'ai instruit le prince Franz des hauts faits de ses aïeux… des aïeux de son auguste mère, j'entends ; et je n'ai pas cru devoir attrister sa jeune imagination par le récit des incidents qui ont troublé la paix de l'Europe pendant ces dernières années. Assez d'événements glorieux se présentent dans les annales du Saint-Empire romain ; et j'ai cru inutile de réveiller un passé trop récent encore et à jamais oublié.

— Tout est donc pour le mieux, dit l'Empereur satisfait : vous avez fait de mon petit-fils un honnête et loyal Allemand, et je vous en sais gré, mes amis. Or donc, puisque Franz a conquis sa place parmi nous, j'ordonne qu'on ne lui tienne plus rigueur, à l'avenir, de sa funeste origine... Monsieur le baron d'Obenhaus, veuillez introduire le prince. J'espère, mesdames, ajouta François II en se tournant vers le cercle des invitées qui assistaient à la scène, que mon petit-fils trouvera dans votre accueil une compensation au malheur de sa naissance... dont, après tout, il n'est pas responsable.

La porte s'ouvrit, et l'enfant parut. Il s'arrêta sur le seuil, leva ses yeux indifférents vers le grand arbre de Noël étincelant qui mettait au centre de la galerie un éblouissement... il ne sembla nullement ému de cette merveille, et s'avança à pas lents vers l'Empereur. Il était vêtu de l'uniforme blanc des colonels autrichiens, ses cheveux blonds et flottants tombaient sur ses épaules, il était pâle d'une pâleur maladive, et ses lèvres décolorées paraissaient déshabituées du sourire. Seuls les yeux semblaient vivants dans cette triste figure d'adolescent grave, encore qu'il s'appliquât, eût-on dit, à en éteindre la vivacité et l'éclat.

À sa vue, toutes les conversations cessèrent... Pour ceux qui assistaient à cette scène, l'apparition de cet enfant débile évoquait, par un saisissant contraste, le fantôme de l'homme qui avait, de ses puissantes mains, brisé la vieille Europe pour la façonner à sa guise, et qui, dans ce même palais, avait écrasé du talon de sa botte l'antique Empire des Habsbourg. Le prince Franz s'avança vers son grand-père et, humblement, lui baisa la main.

— J'ai voulu, mon enfant, fit François II pour rompre le silence pénible qui pesait sur l'assistance, j'ai voulu vous procurer quelque plaisir ; le moment est venu de tenir, à ma cour, le rang que vous assigne votre parenté avec moi… vos maîtres se montrent satisfaits de vous… mais s'il est bien de travailler, il ne faut pas, dans votre ardeur pour l'étude, repousser les distractions de votre âge…

— Sire, je vous rends grâce, répondit l'enfant.

Puis il alla modestement s'asseoir sur un tabouret qui se trouvait à l'écart. Il se tint là, les yeux fixés à terre, rêveur, absorbé dans quelque étrange songerie qui marquait de rides son jeune front et mettait un pli aux coins de ses lèvres. L'Empereur, gêné, se taisait ; les hauts personnages présents imitaient son mutisme ; et ce fut un nouveau spectre qui sembla planer dans la galerie, celui d'un autre enfant, né pour porter la couronne, lui aussi, et dont la lente agonie, au fond d'un cachot du Temple, avait jadis terrifié le monde.

M. de Metternich, en diplomate avisé, se chargea de rompre le silence ; prenant pour thème les goûts sérieux de son élève, l'émotion que lui causaient indubitablement ses débuts à la Cour, il glissa, par d'habiles transitions, vers des considérations générales dont s'alimenta la conversation renaissante ; on sembla ne plus prêter aucune attention à l'enfant qui s'isolait dans son rêve, à l'éblouissant arbre de Noël dont les bougies, une à une, s'éteignaient tristement dans leur godet de couleur… mais une contrainte pesait sur tous ceux qui se trouvaient là, et ce fut avec un soupir de soulagement que l'on entendit Metternich émettre l'avis que le prince Franz était sans doute fatigué, et solliciter pour lui la permission de se retirer. L'Empereur fit un geste bref ; l'enfant vint à lui, lui baisa la main, et s'éloigna du même pas languissant, vers la porte qui conduisait à son appartement.

Il rentra dans le petit salon, tout lambrissé de panneaux de glaces, qui avait été le salon de son père.

~

Lorsque Franz fut seul dans sa chambre, il tomba assis sur le divan et resta pensif. Une mélancolique rêverie était l'état ordinaire de ce pauvre adolescent qui ne confiait à personne ses pensées ni ses désirs. À quoi songeait-il ainsi sans cesse… ? Peut-être le souvenir du vaste et radieux palais où s'était passée son enfance hantait-il son esprit… peut-être revoyait-il le dôme des Tuileries surmonté du gai pavillon aux trois couleurs… peut-être revivait-il en silence ce passé glorieux dont il ne voulait point parler. Ce soir-là, plus triste encore que d'habitude, il restait, les yeux fixes, le regard perdu sur ces panneaux de glaces qui lambrissaient son salon. Il savait – comment l'avait-il appris ? on l'ignore – il savait que son père, jadis, avait occupé cette pièce, qu'il s'était assis sur ce divan où lui se trouvait aujourd'hui, que sa glorieuse image s'était reflétée dans ces miroirs, qui, maintenant lui renvoyaient sa pâle et maladive figure d'orphelin. Mais quel était donc son père ? Qu'avait-il fait cet homme, pour qu'on évitât d'apprendre à son enfant son nom et son histoire ?… Quel crime avait-il commis pour être mis au ban de la société à ce point que son fils n'osât même pas interroger à son sujet ceux qui étaient chargés de lui apprendre la vie ?

Et tandis qu'il remuait ces pensées, trop lourdes pour la tête d'un enfant, son attention fut tout à coup attirée par un objet placé sur sa table de travail. C'était un vase de poterie commune, rempli de terre desséchée, au milieu duquel était fixée une petite branche de buis vert, à moitié dépouillée de ses feuilles.

Franz se leva et examina ce singulier bibelot. Qui donc l'avait placé là ? C'était un arbre de Noël… non point comparable sans doute à celui qu'il venait de voir dans la galerie du château… rien n'était plus humble, plus pauvret que ce rameau presque mort, fiché dans cette poignée de terre sèche, et pourtant, plus il la contemplait, plus il sentait son cœur battre, plus il se laissait envahir par une angoisse inconnue. Il s'approcha encore. À côté de cet inexplicable symbole était placé un rouleau de papier noué d'une faveur violette… L'enfant, saisi d'une crainte mystérieuse, n'osait toucher à cette lettre… car c'était une lettre, sans nul doute.

— Qui donc est entré ici ?… interrogea-t-il, à mi-voix ; et son regard parcourut la pièce… Il était bien seul. Soudain, prenant une résolution, il déroula le feuillet. Ses doigts tremblaient… Non, ce n'était pas une lettre, mais une image, une de ces images populaires, grossièrement enluminées de couleurs criardes… Elle représentait un homme coiffé d'un petit chapeau de bataille, et portant, sur un uniforme militaire barré du grand cordon rouge, une redingote grise. Au fond était figurée une ligne de soldats groupés autour d'un drapeau bleu, blanc et rouge, et dans le ciel, au milieu des rayons d'un soleil éclatant, était tracé ce mot : LUI.

Franz ne pouvait détacher ses yeux de cette enluminure… Fasciné, il la contemplait, et tout à coup il se fit comme une trouée dans le brouillard de son souvenir. Cet homme, il l'avait déjà vu… dans le lointain de sa mémoire cette figure se dressait, indécise et flottante : cette apparition qui venait ainsi troubler sa solitude, il se souvenait de l'avoir aperçue jadis, se penchant sur son berceau ; ces soldats aux uniformes bleus et rouges, il se rappelait les avoir admirés autrefois, du haut d'un balcon de pierre, au bruit des tambours et des fanfares ; ce drapeau tricolore, il le reconnaissait… Il porta ses deux mains à son front.

— Oh ! j'ai peur, cria-t-il, j'ai peur ! qui donc est entré ici ? qui donc a posé là cette image… ?

Et dans le haut miroir placé devant lui, il se voyait épouvanté, pâle, les yeux agrandis par l'angoisse, quand tout à coup il lui sembla que le panneau de glace se mouvait, tournait comme une porte sur des gonds invisibles… Il poussa un cri et resta immobile de stupeur : la cloison s'ouvrait, en effet, un homme entra dans la chambre.

— Ne craignez rien, monseigneur, dit l'inconnu… et fléchissant le genou, il prit la main de l'enfant et la baisa.

— Qui êtes-vous ? demanda Franz dont la voix se faisait à peine entendre ; comment avez-vous pénétré dans ce salon ? Que venez-vous faire ici… ?

— Je viens vous parler de votre père, monseigneur… mettre à vos pieds les vœux et les hommages des millions d'hommes qui sont restés fidèles à son souvenir… Je viens vous parler de la France.

— Mon père… ? la France… ?

— J'ai fait cinq cents lieues pour vous apporter cette motte de terre, cette branche desséchée et cette image. Cette terre fut prise au jardin des Tuileries, cette branche a été cueillie à Saint-Cloud, cette image est semblable à celles qu'on voit placardées au mur dans toutes les chaumières de France : elle représente Napoléon.

— Les Tuileries… ? Napoléon… ? Saint-Cloud… ? répétait machinalement l'enfant, cherchant à mettre un souvenir sur ces mots jadis familiers, et dont le son éveillait en son esprit mille souvenirs confus…

— Il y a là-bas, monseigneur, en France, des millions d'êtres qui ne pensent qu'à vous, qui n'espèrent qu'en vous, qui donneraient leur vie pour vous… Une vieille tradition prétend que, dans cette nuit de Noël, le ciel s'ouvre et les anges descendent pour apporter à tous les enfants de la terre une joie et une bénédiction… Eh bien ! nous n'avons pas voulu que vous fussiez oublié. D'ailleurs, rassurez-vous, je ne suis pas un envoyé de Dieu ; si j'ai pu pénétrer dans votre prison – car cette chambre est une prison pour vous – c'est grâce à cette issue secrète que votre père avait fait pratiquer lorsqu'il habitait cet appartement... Depuis longtemps je guettais l'occasion qui m'a été offerte ce soir à la faveur de la fête qui se donnait au château.

— Vous avez connu mon père ?... Qui donc était-il ?

— Il était le maître du monde. Le César, que vous admirez, m'a-t-on dit, est un nain à côté de ce géant de gloire. Votre père, l'Empereur, le Roi, le chef adulé ou redouté de quatre-vingts millions d'hommes, est mort sur un rocher perdu au milieu de l'Océan ; prisonnier dans une île déserte, comme vous l'êtes dans ce palais, il est mort après cinq ans d'agonie, se rongeant les poings, vous appelant, criant votre nom... Ses derniers regards se sont arrêtés sur votre image, et quand son soleil s'éteignit à l'horizon du monde, un long cri de douleur s'éleva de tous les points de la France... maintenant, c'est vous qu'elle appelle. Votre nom fait trembler tous les rois de l'Europe ; mais la France est orgueilleuse, songez-y ; elle ne veut point qu'on n'ait pas l'air de la regretter, et elle préfère l'homme qui, pour la reconquérir, fait des tentatives presque insensées à celui qui s'endort dans sa résignation aux décrets de la Providence. Voilà ce que je suis venu vous apprendre... Et quand vous m'aurez entendu, je vous dirai : Monseigneur, voulez-vous me suivre ? voulez-vous que cet escalier – et l'inconnu désigna du geste la porte secrète par laquelle il était entré – voulez-vous que cet escalier pratiqué par le père, serve, après quinze ans, à l'évasion du fils ?

Le duc de Reichstadt essuya ses yeux mouillés de larmes, et, faisant signe à son visiteur de prendre place à ses côtés sur le divan :

— C'est bien, monsieur, dit-il, je vous écoute.

… Le lendemain, jour de Noël, l'étranger qui depuis un mois habitait l'auberge de la *Couronne de Hongrie*, partit de grand matin pour la chasse, suivi de son domestique : il avait, au préalable, soldé sa dépense, de sorte que l'aubergiste ne fut que médiocrement étonné et nullement inquiet lorsqu'il s'aperçut, à la nuit tombante, que son pensionnaire n'était pas rentré.

∼

On ne le revit jamais à Schœnbrunn… Aussi bien est-il temps de quitter le conte pour rentrer dans l'histoire. Que s'était-il passé entre cet homme et le duc de Reichstadt ? On l'ignora toujours : peut-être celui-ci se laissa-t-il reprendre par les souvenirs de gloire évoqués si subitement à son esprit : on a prétendu – mais ce n'est là qu'une très vague tradition – qu'on l'arrêta au moment où la chaise de poste qui l'emmenait vers la France passait le Danube au pont de Linz. Peut-être, au contraire, l'enfant impérial dont la nature avait été soigneusement comprimée, amollie, assoupie par les maîtres que François II avait choisis, s'effraya-t-il de l'avenir brillant, mais troublé, que lui promettait son retour à Paris. Voilà qui paraîtrait plus probable. Une seule chose est certaine, c'est qu'à partir de cette époque, la surveillance se resserra autour du prince. Nul

Français ne put jamais parvenir jusqu'à lui : le poète Méry ayant fait la voyage de Vienne pour offrir au fils de Napoléon le poème de la campagne d'Égypte, dut renoncer à le voir autrement que de loin, perdu dans l'ombre d'une loge, au théâtre de la Cour. Toute la jeunesse du pauvre enfant fut une longue prison, une lamentable agonie…

Car le regret, l'isolement, le désespoir avaient détruit sa santé… Le jour où il s'alita, on prétend que la foudre détruisit un des aigles qui ornent la grille du château de Schœnbrunn… Quelques jours après Napoléon II mourait et toute l'Allemagne poussait un soupir de soulagement…

L'ARBRE DE NOËL DE
MONSIEUR D'AUVRIGNY

*A*uvrigny est le nom d'un bourg de la Thiérache, là-bas, tout à l'extrémité du département de l'Aisne, dans cette contrée, un peu sauvage, qui confine à l'Ardenne et touche la Belgique. Ce petit coin de France, pays d'origine de tous les tresseurs de paniers et très à l'écart des grandes routes, resta longtemps arriéré : au début de la Révolution, Auvrigny n'était qu'un village de cinquante feux, quelque peu distant d'une vaste maison qu'on nommait le château, et qu'habitait un bon gentilhomme campagnard, vieux célibataire, fort simple d'allures et très accueillant. De temps immémorial le village et le château avaient entretenu les meilleures relations : le comte d'Auvrigny était charitable, les paysans se montraient dévoués ; au moindre embarras ils avaient recours à leur seigneur, qui se chargeait de trancher à l'amiable tous leurs différends et qu'ils trouvaient toujours prêt à intervenir dans leurs démêlés avec la maîtrise des eaux et forêts ou avec les gardes de M. le duc d'Orléans.

Sans mettre fin à cette bonne entente, les événements de la Révolution amenèrent un certain refroidissement entre les villageois et leur seigneur. Les gazettes n'arrivaient pas, il est vrai, jusqu'à Auvrigny : elles y auraient trouvé, d'ailleurs, si peu de lecteurs, que leur influence eût été à peu près nulle : pourtant, les *esprits forts* s'agitaient ; on n'était pas sans relations avec la petite ville du Nouvion et même avec Vervins où venait d'être installé le tribunal de l'arrondissement et, encore qu'on n'en eût que l'écho, on n'ignorait rien des grands événements qui se passaient à Paris. Il était venu de Laon, au moment des élections, des messieurs ceints de larges ceintures et empanachés comme des timbaliers, qui avaient prêché aux paysans ébahis les bienfaits de l'égalité et le bonheur de l'indépendance ; ils avaient bien ajouté que tous les nobles étaient faux comme Judas et cruels comme Barbe-Bleue ; mais les paysans d'Auvrigny n'en connaissaient qu'un, lequel leur avait toujours paru franc et généreux, de sorte que les discours des jacobins de Laon étaient restés sans grand effet.

Le comte, lui, n'avait rien changé à ses habitudes ; comme il avait du jugement, et même de l'esprit, il se garda bien d'émigrer ; n'ayant aucun droit du seigneur à regretter, il ne montra point de colère lors de l'abolition des privilèges ; lorsqu'il vit que, peu à peu, les villageois qu'il avait toujours traités en amis, se déshabituaient, par méfiance ou par fierté, de venir le consulter, il affecta de ne point s'en apercevoir, et continua comme par le passé à vivre en philosophe qui n'attend rien de personne et que l'opinion des autres ne gêne point.

∼

On était à l'hiver de 1793, la veille de Noël, et le comte d'Auvrigny, fidèle à un vieil usage de la région avait fait dresser dans le vestibule du château un magnifique sapin coupé dans son parc et qu'il agrémentait de petites lanternes, de rubans, de jouets et de friandises, joyeusement suspendus aux sombres branches de l'arbre. Il était de tradition, chaque année, que les enfants du village, sous la conduite de leurs parents, vinssent faire la cueillette de ces merveilles, à laquelle succédait un succulent goûter de crèmes et de pâtisseries : les paniers des mamans, apportés vides, débordaient au retour de provisions et de chauds tricots ; les hommes mêmes trouvaient dans la poche de leur houppelande de poussiéreuses bouteilles de vin ou des cruchons de vieille eau-de-vie... C'était une fête dont on se réjouissait deux mois d'avance et dont on parlait jusqu'à Pâques.

Or, en cette année de malheur, le comte n'avait pas cru devoir renoncer à cette charitable coutume, encore qu'il s'aperçût bien, depuis quelque temps, que la mésintelligence s'accentuait entre le village et le château. Même il avait eu, ce jour-là, l'idée d'une magnifique crèche où l'on voyait l'image en cire du divin Enfant, étendue sur la paille dans une grotte en écorces d'arbres disposée au pied de l'arbre de

Noël, sous les gros rameaux qu'un nuage de farine blanche semblait charger de givre. Le vieux gentilhomme, qui prenait plaisir à présider lui-même à cet arrangement, mettait la dernière main à son œuvre, lorsqu'il entendit sonner à la porte du château : s'imaginant que l'impatience de ses invités devançait l'heure, il se hâtait d'allumer ses dernières veilleuses, lorsque son domestique introduisit, au lieu de la bande d'enfants attendue, le maire du village, – on disait alors le *procureur-syndic*, – nommé Gérard, et son adjoint, qui s'appelait Birou.

Le comte leur tendit la main, qu'ils prirent avec un peu d'embarras : il les connaissait de longue date, l'un et l'autre : Gérard, paysan presque illettré, n'était pas un mauvais homme ; Birou, au contraire, était envieux, beau parleur et prétentieux : il savait à peu près lire *l'imprimé* et cette supériorité lui donnait un prestige énorme aux yeux de ses concitoyens ; il s'était fait recevoir membre du club des Jacobins de Guise et il venait même de s'abonner à une feuille révolutionnaire qu'il déchiffrait tant bien que mal, sans y comprendre un traître mot ; c'était lui qui faisait *marcher* la commune, c'était lui également qui était parvenu à inculquer à ses concitoyens que leur dignité d'hommes libres ne leur permettait plus de frayer avec leur ci-devant seigneur, que, pour sa part, il ménageait fort, étant obséquieux de sa nature et jugeant, avec prudence, qu'on ne pouvait prévoir « comment les choses tourneraient. »

Donc Gérard et Birou se présentèrent au comte d'Auvrigny, fort étonné de cette visite intempestive. Birou jeta à l'arbre de Noël un regard assez ironique mais il sut se contenir ; Gérard salua d'un air contraint et, comme le gentilhomme les remerciait d'avoir mis tant d'empressement à précéder leurs concitoyens, l'autre balbutia :

— Oh ! ce n'est pas positivement pour cela que nous… n'est-ce pas, Birou ?

— Non, non, répliqua Birou en ricanant niaisement, ce n'est point là ce qui nous amène.

Le comte les invita à passer dans son cabinet et à exposer le motif de leur visite, se déclarant prêt à les entendre en attendant ses invités ; mais Birou, prenant la parole :

— Eh bien ! pour parler net, citoyen, vos invités, ne viendront pas.

— Comment ?… Pourquoi ?…

— Je le regrette, oh ! je le regrette ! se hâta d'ajouter Birou. Le citoyen Gérard peut vous dire combien la chose me peine… mais ils ont pensé… ils ont cru…

— Quoi enfin ?

— Que les circonstances ne permettaient peut-être pas à des patriotes de se mêler à certaines pratiques entachées d'aristocratie…

C'était une phrase de sa gazette : le comte se mordit les lèvres.

— Voyons, Birou, dit-il, croyez-vous que ce qui était bien il y a quelques années puisse être mal aujourd'hui ?

— Non certes !... je voulais dire...

— Et à moins que la morale n'ait changé, ce dont j'ai grand'peur, sommes-nous en droit de critiquer aujourd'hui ce que nous approuvions jadis ?

Birou, ne se sentant pas de force à soutenir la discussion sur ce ton, esquiva la question et répliqua par un de ces arguments qu'il avait entendus émettre à la jacobinière de Guise et qu'il replaçait à tout propos sans en comprendre la portée :

— Tranchons le mot, citoyen, fit-il ; si nous nous abstenons désormais de venir défiler devant votre arbre de Noël, c'est qu'une manifestation si puérile révolte la raison et blesse l'égalité.

— Quand j'aurai le temps, monsieur Birou, répondit le gentilhomme, vous voudrez bien m'expliquer en quoi l'image d'un enfant couché sur la paille d'une crèche peut offusquer vos sentiments égalitaires... Mais brisons là ; nous reparlerons de mon arbre de Noël quand les temps seront moins troublés, et quand les gens seront moins sots ; mais j'imagine que cette renonciation à un vieil usage qu'aimaient vos pères ne vous portera pas bonheur.

Et, se posant en homme qui congédie ses visiteurs, il ajouta :

— Vous n'aviez pas d'autre communication à me faire ?...

— Pardon, excuse, fit à son tour Gérard. J'étais venu vous consulter sur quelque chose d'assez délicat : Birou qui parle bien, mais qui parle trop, ne m'a pas laissé le temps d'en causer avec vous. Voici de quoi il s'agit.

Et le brave procureur-syndic exposa, que, depuis trois ans qu'il remplissait à Auvrigny les fonctions d'officier municipal, il s'était tiré tant bien que mal de sa besogne ; il rappela que, bien souvent, au début, il était venu prendre conseil du châtelain ; puis il s'était efforcé de s'en remettre à son propre bon sens et aux lumières de ses co-administrés ; mais cette fois le cas était grave ; si grave qu'il n'avait pas jugé devoir moins faire que de venir s'éclairer auprès de « l'homme le plus instruit de la commune. » Il avait, en effet, reçu l'avant-veille, par l'entremise du commissaire du pouvoir exécutif de Laon, une lettre émanant du comité de Salut public et l'invitant à dresser le plus tôt possible la liste des *suspects* de la commune d'Auvrigny.

— Or, continua-t-il, j'ai eu beau me creuser la tête, j'ignore ce que c'est qu'un suspect... Birou n'en sait pas davantage ; j'ai consulté Havard, Dequesne, Jendelle, Rendon, toutes les fortes cervelles de l'endroit ; aucun d'eux n'a jamais ouï parler d'un suspect, c'est un mot que nous ne connaissons pas, et je viens tout droit vous demander si vous savez ce que c'est.

Le comte dévisagea rapidement ses deux interlocuteurs ; voyant qu'il n'y avait pas chez eux ombre de malice et que leur embarras était réel :

— Oui, reprit-il sérieusement, *suspect* est une expression nouvelle que je n'avais, pour ma part, jamais entendu employer avant ces derniers temps... Et quel usage doit-on faire de cette liste que vous avez à dresser ?

— Je dois, dès qu'elle sera écrite, l'expédier directement au comité de Salut public qui – voyez la lettre – *prendra aussitôt des mesures en conséquence.*

— Eh, eh ! la chose est urgente, en effet ; eh bien ! mon brave Gérard, voici ce que le comité demande : il veut tout simplement connaître les noms de ceux de vos administrés qui se sont le plus signalés, depuis le commencement de la Révolution, par leur patriotisme et leur haine de l'ancien régime.

Et comme Birou dressait l'oreille, le comte ajouta négligemment :

— Il est probable que la Convention est sur le point de distribuer des emplois et des dotations : les *suspects*, en langage officiel, désignent ceux qui sont susceptibles d'obtenir une récompense nationale.

— Je l'avais pensé, remarqua Birou.

— Ça ne m'étonne pas, Birou ; comme vous me l'avez dit récemment : « La République a terrassé l'hydre du fanatisme et triomphé de tous ses ennemis ; » elle n'a plus maintenant qu'à songer à ses amis et vous voyez qu'elle ne les oublie pas… Je n'ai qu'un regret, c'est de ne pouvoir figurer sur cette liste d'honneur.

— Bah ! insinua bonnement Gérard, si ça vous faisait bien plaisir…

— Non pas ! diable ! Mon nom d'aristocrate vous desservirait sûrement auprès du comité…

d'ailleurs, je n'ai rien fait pour mériter de le voir à côté des vôtres, à vous qui avez lutté pour la liberté.

Le maire paraissait prodigieusement embarrassé.

— Alors, quoi ? fit-il, sur cette liste de suspects, — drôle de mot, — je vas y mettre Birou.

— Excellente idée ; mettez-le en tête... Allons, allons, ajouta le comte en se tournant vers Birou qui minaudait, ne faites pas le modeste ; ça vous revient de droit. Tenez, Gérard, placez-vous à ma table, et écrivez sur-le-champ : *Liste des suspects de la commune d'Auvrigny*...

Le paysan, de ses gros doigts, traçait en caractères énormes les mots qu'il épelait à demi-voix : il s'appliquait si bien que la sueur perlait à son front et que sa langue pendait entre ses dents ; enfin, il en sortit à son honneur.

— Là ! voilà le titre ; maintenant, les noms : Birou, d'abord ; puis, qui encore ? Je ne peux pas n'en donner qu'un, ce serait mesquin.

— Évidemment, approuva le comte, vous auriez l'air de lésiner ; mais, voyons, vous me citiez tout à l'heure Havard, qui crie *à la lanterne !* quand je traverse le village ; c'est un bon, celui-là ; et Rendon, qui braconne tous mes faisans sous le prétexte que le droit de chasse n'existe plus ; encore un qui est un chaud partisan du nouveau régime ; et Jendelle, qui a abattu la croix du cimetière ; et Dequesne qui nous tutoie tous et n'ôte plus sa casquette par la raison que la politesse est l'ennemie de l'égalité...

En voilà qui ont donné des gages au nouveau régime…

Gérard écrivait chacun des noms qu'avait cités le comte ; quand il eut terminé, il leva la tête d'un air satisfait :

— Si j'y mettais également mon nom ? fit-il.

— Je ne vous le conseille pas, Gérard, répondit le comte ; en qualité de procureur de la commune vous allez signer cette liste, il est plus convenable de ne pas vous désigner vous-même.

∽

Le cœur un peu gros de n'y point figurer, le maire d'Auvrigny expédia, le soir même, sa liste de suspects au comité de Salut public. Dans le village, le bruit de l'incident s'était répandu : Birou n'avait pu se tenir de parler ; il s'était vanté qu'avant peu ces messieurs du comité l'appelleraient à Paris pour lui décerner une récompense ; – de l'argent peut-être, ou une bonne place, accompagnée d'une couronne civique. Aussi fit-il bien des envieux lorsqu'un beau matin on vit sa maison envahie par la gendarmerie du Nouvion, sous la conduite d'un agent du Comité de la Sûreté générale, lequel fit monter Birou dans une belle berline sur les panneaux de laquelle on distinguait encore, malgré les grattages, l'écusson fleurdelisé des princes d'Orléans. Jendelle et les autres furent enlevés de même et le soir, en mangeant la soupe, Gérard ne put s'empêcher de soupirer en disant à sa femme :

— Si le comte m'avait laissé faire, je roulerais à cette heure, avec eux, sur la route de Paris.

Ce à quoi la femme répondit aigrement :

— Ça t'apprendra à écouter les conseils d'un ci-devant !

Et, de fait, Gérard ne remit plus les pieds au château ; il boudait ; le comte, de son côté, ne venait guère au village ; pourtant, comme il était allé, un jour, chez le charron, il fut frappé du silence et de l'aspect désert du bourg ; il s'informa près d'un vieil homme qui venait de le saluer, à l'ancienne mode.

— Ah ! monsieur le comte, répondit celui-ci, il n'y a plus de gars valides dans le village ; vous savez bien que le gouvernement a demandé les noms de ceux qu'on devait récompenser et le maire en avait désigné cinq qui ont été aussitôt appelés à Paris ; mais, voyant cela, les autres n'ont pas laissé de repos qu'on ne les propose à leur tour, et M. Gérard s'est vu forcé de rédiger une *seconde liste des suspects de la commune d'Auvrigny* où il a mis, comme qui dirait, tout le monde ; il n'a même pu résister au plaisir de s'y nommer aussi ; de sorte qu'on a vu arriver un jour toute la brigade de gendarmerie de Vervins, avec un grand chariot, où ils ont entassé nos hommes ; il y a six semaines qu'ils sont partis, tout joyeux et chantants ; mais il faut croire que la place qu'on leur a donnée est bien absorbante, car il y en a pas un qui ait encore trouvé le moyen de donner de ses nouvelles.

~

Et voilà comment le comte d'Auvrigny, aristocrate avéré, se débarrassa de voisins inquiétants et vécut bien tranquille, dans son château, tout le temps que dura la Terreur, tandis que ses paysans figuraient, avec dix mille autres, tout aussi peu dangereux et aussi peu coupables, dans les prisons de Paris.

Quand vint Thermidor, le gentilhomme s'entremit autant qu'il le put pour obtenir leur liberté : mais il y avait alors tant d'injustices à réparer que des mois se passèrent sans qu'il réussît.

Il était devenu le père nourricier du village qui ne contenait plus que des vieillards, des femmes et des enfants : il tenait table et bourse ouvertes pour ces pauvres gens qui ne faisaient rien sans prendre ses avis et qui le considéraient comme leur providence ; Auvrigny était revenu au vieux temps d'avant 89, alors que le village et le château fraternisaient ; les paysans qui n'avaient plus d'autres ressources que la générosité de leur seigneur, l'appelaient *Monsieur le Comte* et respectaient ses faisans ; lui, continuait à ne manifester aucun étonnement des revirements successifs qu'avait subis, à son égard, l'esprit de la population.

On remarqua seulement qu'à l'approche de l'hiver, il fit à Paris plusieurs voyages : on en comprit le motif lorsqu'on vit, quelques jours avant la fin de l'année 1794, rentrer à Auvrigny, un par un et très penauds, les *suspects* qui l'avaient quitté, si glorieux, quelques mois auparavant ; ils restaient très sobres de détails sur leur aventure à laquelle ils ne comprenaient pas grand'chose ; mais ils ne tarissaient pas de louanges sur le comte qui s'était employé avec un zèle infatigable à les sortir de leur prison.

∽

Aussi y eut-il foule au château, la veille de Noël. Le comte n'avait pas fait d'invitations, pourtant ; et s'il avait dressé l'arbre traditionnel, plus chargé de surprises encore qu'à l'ordinaire, c'était semblait-il, pour sa satisfaction personnelle : tout le village se trouvait là, respectueux, plein de reconnaissance ; et comme le maire Gérard se tenait modestement derrière ses administrés, le gentilhomme alla le prendre par la main et l'attira près de lui.

— Ah ! monsieur le comte, fit le paysan, que ne vous ai-je écouté ! Tout de même, vous nous avez donné une fière leçon !…

— Eh quoi ! Gérard, pas de rancune ?

— Pas l'ombre, monsieur le comte ! Car si j'avais su, au vrai, ce que c'était qu'un suspect, c'était vous, vous seul, que j'aurais mis sur la liste : j'aurais fait cette sottise – quand j'y pense, j'en ai le cauchemar.

— Eh bien ?

— Eh bien ! j'ai vu comment les choses se passaient, vous n'en seriez pas revenu ; tandis que nous, des paysans, on nous a oubliés tout de suite, dans le nombre. Il n'y a que Birou…

— Birou ?

— Vous savez bien, l'esprit fort ; il s'est démené tant et si bien, protestant qu'il avait droit à une récompense et qu'il exigeait une place, qu'on s'est décidé à lui en donner une : on l'a incorporé à la douzième demi-brigade ; il est maintenant caporal au ci-devant régiment des chasseurs du Gévaudan.

Comme ils revenaient tous deux près de la crèche toute illuminée, Gérard, montrant au gentilhomme les visages extasiés des enfants qui se passaient de main en main les jouets décrochés des branches :

— Et peut-être bien, monsieur le comte, ajouta-t-il, qu'il donnerait tout de suite ses galons pour être ici ce soir avec nous.

UN RÉVEILLON CHEZ PAUL DE KOCK

Peu d'années avant la guerre de 1870, Paul de Kock avait convié quelques amis à passer la soirée chez lui, dans cet appartement du boulevard Saint-Martin, qu'il habita pendant soixante ans. On devait réveillonner, car c'était la nuit de Noël, et on se promettait d'être gai, ce qui ne manquait guère ordinairement chez l'auteur de la *Laitière de Montfermeil*, qui avait en haine les pédants et les prétentieux.

Il y avait là Henry Monnier, le sculpteur Mène, Charles Monselet, le musicien Hervé, Ravel, Alcide Toussez, Grassot, d'autres encore, tous bons vivants et aimant à rire. Paul de Kock était un de ces rares représentants du Parisien d'autrefois, né au crépuscule de l'ancien régime et qui avait gardé l'insouciance et la bonne humeur des Français du siècle dernier : enfant, il avait gaminé au Palais-Royal, dans ce Palais-Royal que notre génération n'a pas connu, grouillant d'une foule où se mêlaient tous les mondes, émigrés ruinés, sabreurs du premier Empire, septembriseurs impénitents, joueurs, duellistes, escrocs, artistes… Il y avait coudoyé les débris de la vieille France et vu surgir les protagonistes de la société nouvelle ; Barras et Rossini, Chodruc-Duclos et la Montansier, Lafayette et Victor Hugo, Chateaubriand et Siraudin, et bien d'autres. Ceux qui avaient eu la chance d'assister comme lui, en simples spectateurs, à cette transformation du monde, pouvaient se vanter d'avoir vu la plus passionnante de toutes les comédies et Paul de Kock s'y était si bien passionné qu'il n'avait pas eu l'idée de quitter la place. Je crois bien qu'il n'alla jamais plus loin que Romainville, et le fait est qu'il mourut à quatre-vingts ans sans avoir jamais vu la mer, tant l'épouvantait, la pensée de quitter Paris, même pour un jour.

Ces Parisiens-types, aujourd'hui si rares, étaient les gens les plus simples et les plus bourgeois qu'on pût rêver ; et voilà pourquoi, ce soir-là, le souper de Paul de Kock se composait prosaïquement d'un plat, de boudin, d'une oie aux marrons et d'un pâté de Strasbourg : quant aux réjouissances que promettait la soirée, elles étaient, tout autant que le menu, exemptes de prétention et d'apprêts : on causa, comme on savait causer alors, bruyamment, à bâtons rompus ; Henry Monnier imita *le bruit de la diligence* ; Grassot raconta une histoire émaillée de ses fameux *gnouf, gnouf,* qui faisaient, paraît-il, la joie de ses auditeurs ; Ravel monologua quelques vieux Noëls qu'Hervé accompagnait en sourdine ; l'amphitryon, assis dans son grand fauteuil, souriait assez distraitement, sans paraître prendre une grande part à la joie de ses invités, et comme on lui demandait la cause de sa mélancolie :

— Je songe, dit-il ; je songe à cette fête touchante que tous, riches ou pauvres, célèbrent en ce moment ; pas une fois, depuis que j'ai l'âge de raison, je n'ai entendu le son des cloches de la nuit de Noël, pas une fois je n'ai pensé à la douce tradition de l'Enfant venu pour sauver le monde, sans me souvenir en même temps de l'histoire d'un autre enfant...

— Une histoire ! Paul de Kock va nous dire une histoire, s'écrièrent les invités en se groupant autour de leur hôte...

— Oh ! elle est bien simple, mais elle est vraie : elle date d'il y a longtemps, car l'action se passe en 1794, à l'époque où l'échafaud était en permanence au bas des Champs-Élysées...

Il y avait alors à Passy une jolie maison, aujourd'hui démolie, où vivait un jeune ménage, M. et Mme de –. Ils étaient riches, nobles, heureux, trois titres bien lourds à porter en ce sinistre temps. Un enfant leur était né au milieu de l'année précédente ; ils vivaient sans luxe, ne s'occupant point de politique et se souciant peu des partis qui se disputaient le pouvoir.

Cette indifférence ne devait point pourtant les mettre à l'abri du malheur : il se trouva quelque envieux que leur calme existence enrageait ; M. de –

fut dénoncé comme aristocrate, arrêté, traîné au tribunal et condamné à mort.

— Elle n'est pas gaie ton histoire, fit Grassot en se versant un verre de punch.

— J'aime mieux *Gustave le mauvais Sujet*, fit un autre.

— Tu n'es pas folâtre, ce soir, mon cher maître, remarqua un troisième.

— Dame ! fit Paul de Kock, je vous ai dit que l'anecdote était authentique.

Mme de –, restée seule dans la petite maison de Passy, était dans la situation morale d'un être sur qui la foudre est tombée. En quarante-huit heures tout son bonheur s'était écroulé.

Poussée par je ne sais quel espoir fou, le jour où son mari devait être mis à mort, la pauvre femme était sortie de sa maison, à l'heure où elle savait que les condamnés quittaient ordinairement la Conciergerie pour être traînés à la place des exécutions. Portant son enfant dans ses bras, elle avait descendu l'avenue des Champs-Élysées et s'était assise sur un talus d'herbe au pied des arbres dépouillés : c'est à peine si de là elle pouvait apercevoir, dans le jour brumeux, l'instrument des supplices qu'entouraient quelques soldats.

Elle restait là, sans penser, sans voir, berçant d'un mouvement machinal le petit être qui dormait sur son cœur, et tout à coup, comme un remous se produisait dans le groupe massé autour de l'échafaud elle poussa un rugissement d'épouvante, et, affolée, se mit à courir, remontant l'avenue boueuse, serrant contre elle son enfant d'une étreinte convulsive et passionnée.

Les gens qui la croisaient sur la route s'arrêtaient un moment pour la suivre des yeux, et, comprenant, poursuivaient leur chemin, sans mot dire.

On la vit ainsi, errant, comme si quelque horrible spectre l'eût poursuivie, dans les rues de Chaillot, s'appuyant aux murs, les yeux hagards, secouée de gros sanglots : vers le soir, un blanchisseur de Passy, qui la connaissait, l'aperçut, en revenant de la rivière, tournant autour de l'église abandonnée du couvent des Bonshommes, il la prit dans sa carriole et la conduisit jusque chez elle : elle se laissa faire, indifférente, l'air égaré. Pendant la nuit, des voisins l'entendirent chanter pour endormir son petit garçon : sa voix, par moments, se brisait et la chanson commencée se changeait en de rauques gémissements dont l'accent de détresse faisait frissonner.

Ces tragédies étaient communes à cette époque et on y était, en quelque sorte, accoutumé. Dans le silence de ces quartiers paisibles, quand on percevait, la nuit, des cris de désespoir, et que les gens du voisinage s'interrogeaient à voix basse, ceux qui savaient répondaient : — « C'est la femme *une telle*... les hommes du tribunal sont venus tantôt prendre son mari – ou son père. » – Et la chose était devenue si banale qu'on ne songeait plus à s'en émouvoir.

On apprit depuis que celle dont je vous raconte l'histoire, se retrouvant dans la maison vide où les scellés avaient été apposés le matin, ne put rentrer dans sa chambre sur la porte de laquelle s'étalait la petite bande de toile blanche maintenue par les cachets rouges à l'effigie de la République. Elle passa la nuit dans un vestibule sans meubles, assise sur le carreau de briques ; l'enfant, qui avait froid, pleurait, et la mère, courbée sur lui, cherchait à le réchauffer, et trouvait la force de chanter pour l'endormir… Une voisine charitable qui vint, à l'aube, lui offrir ses services, la trouva transie, sans larmes, n'osant faire un mouvement de crainte de réveiller le petit qui sommeillait sur ses genoux.

On était à la fin de l'hiver, et le soleil se montra ce jour-là, radieux et tiède, un de ces beaux soleils du printemps parisien qui font en quelques heures éclater les bourgeons et fleurir les lilas. La jeune mère, dans le jardinet qui s'étendait derrière la maison, s'était assise près d'un baquet d'eau pour procéder à la toilette du bambin que cette nouveauté réjouissait, quand de grands coups frappés à la porte de la rue la firent tressaillir. La voisine, qui rangeait non loin de là des linges sur l'herbe, courut ouvrir et reparut toute pâle.

— Oh ! madame ; les voilà qui reviennent.

— Qui ?

— Quatre citoyens qui demandent à vous parler : je les ai bien reconnus ; trois d'entre eux sont les mêmes qui sont venus ici chercher monsieur.

Les hommes avaient pénétré dans le jardin : la brave femme ne se trompait pas : l'un était le commissaire de la Section, qu'accompagnaient deux porteurs d'ordre du Comité de Sûreté générale bien connus dans Passy qu'ils terrorisaient depuis six mois. Le quatrième était entièrement vêtu de noir, et portait un grand feutre orné d'un bouquet de plumes tricolores : c'était un homme d'âge mûr, au teint bilieux, aux traits accentués.

Mme de – le reconnut aussitôt, bien qu'elle ne l'eût vu qu'une fois ; blême de terreur elle murmura, prête à défaillir :

— L'accusateur public… Fouquier-Tinville !

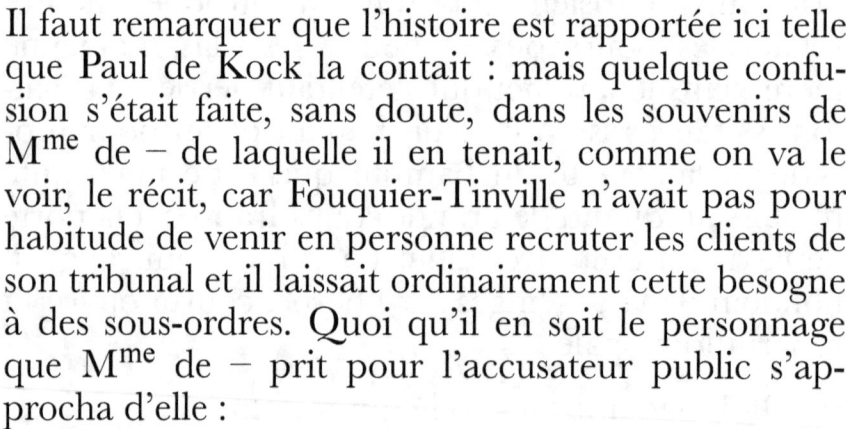

Il faut remarquer que l'histoire est rapportée ici telle que Paul de Kock la contait : mais quelque confusion s'était faite, sans doute, dans les souvenirs de Mme de – de laquelle il en tenait, comme on va le voir, le récit, car Fouquier-Tinville n'avait pas pour habitude de venir en personne recruter les clients de son tribunal et il laissait ordinairement cette besogne à des sous-ordres. Quoi qu'il en soit le personnage que Mme de – prit pour l'accusateur public s'approcha d'elle :

— La citoyenne –, demanda-t-il froidement.

— C'est moi.

— On a trouvé, citoyenne, dans les papiers de ton mari, trois lettres signées de ton nom : les voici : les reconnais-tu ?…

Elle jeta un regard aux papiers.

— Oh ! vous allez me prendre ? fit-elle.

— La surprise est désagréable, j'en conviens, ajouta Fouquier d'un ton de moquerie pédante ; mais la loi est formelle ; tu es convaincue de correspondance avec les ennemis de la nation…

— Vous allez me prendre ?… répéta la malheureuse terrifiée.

— Tu ne peux rester ici, d'ailleurs ; les scellés ne seront levés qu'ultérieurement ; il est impossible que tu séjournes dans cette maison qui est devenue la propriété de la République.

Et se tournant vers le commissaire :

— Tu conduiras, dit-il, la citoyenne à la Conciergerie ; je l'interrogerai ce soir et tu donneras son nom au greffier Fabricius : elle passera demain ; il est inutile qu'elle languisse en prison.

— Je passerai… ? demain… ?

— Oui, au tribunal : tu peux d'ici là préparer tes moyens de défense…

Il parlait d'une voix brève, continuait Paul de Kock, sans inflexion, sans nuance ; on sentait en lui l'homme dont le cœur est de pierre, que rien ne peut attendrir, blasé sur tous les désespoirs, insensible à toutes les larmes ; l'homme qui s'est fait un métier de la mort ; le bon fonctionnaire qui tue parce qu'il a l'ordre de tuer, aussi inflexible et aussi impitoyable que la hache, à laquelle il aimait à se comparer. Mme de − comprit qu'elle était perdue : d'un mouvement involontaire elle serra sur son sein l'enfant qu'elle tenait dans ses bras et qui agitait, tout joyeux, ses petites jambes nues. – Elle jeta un regard sur ce coin de terre où elle avait été, jadis, si heureuse, comme si elle prenait à témoin les choses de la cruauté des hommes, comme si elle cherchait, – peut-être, – quel sauveur allait surgir pour l'arracher, elle, innocente, aux bourreaux. Mais quelle folie ! Qui donc aurait eu assez de courage et d'audace pour entrer en lutte contre la force implacable que ces hommes représentaient ? Quel héros qui n'eût reculé ? Et pourtant le sauveur était là, tout près d'elle…

— Qu'ai-je fait pour aller à la guillotine, soupira-t-elle ; quel crime ai-je commis ?

Fouquier-Tinville, toujours calme, allait répondre mais quelqu'un l'en empêcha. L'enfant, étonné plutôt qu'effrayé, à l'aspect de cette figure étrangère, tendit ses petits bras vers le terrible pourvoyeur de la guillotine et partit d'un de ces éclats de rire de nouveau-né, expression délicieuse d'une de ces joies mystérieuses dont Dieu seul connaît le secret.

La mère tremblait ; la mère voulait le faire taire : elle avait peur que cette gaîté ne déplut à ces hommes sombres. Mais le bambin s'agitait tout joyeux, et toujours riant, montrant ses gencives roses, il allongeait ses mains vers les belles plumes tricolores qui s'agitaient sur le feutre noir de l'accusateur public.

Celui-ci eut un regard étrange : un flot de bile pâlit son visage impassible.

— C'est à toi cet enfant, citoyenne ?

— Oui, citoyen.

— C'est le fils de… ?

La mère que les sanglots suffoquaient, fit, de la tête, un signe affirmatif.

— Son père est mort hier, ajouta-t-elle d'une voix tremblante.

Fouquier-Tinville resta un moment silencieux, puis il reprit :

— Quel âge a-t-il ?

— Dix mois.

— Il est fort pour son âge. – Où est sa nourrice ?

— C'est moi, citoyen, qui le nourris…

— Ah ! c'est toi qui…

Il sembla faire un effort, et se mordit les lèvres. L'enfant continuait de rire, les larmes de la mère coulaient et l'homme de mort les regardait tous deux sans rien dire.

— Eh bien ! fit-il tout à coup en se tournant vers ses compagnons, je ne vois pas d'inconvénient à laisser la citoyenne – quelques jours ici… Jusqu'à ce que ce petit soit sevré, par exemple.

— C'est que, fit le commissaire, tout a été saisi au nom de la loi, dans cette maison ; on va tout vendre.

— Bah ! répliqua Fouquier-Tinville, la citoyenne ‑ rachètera son lit et le berceau de son enfant, voilà tout.

Il tourna le dos et entraîna les autres tandis que Mme de ‑tombait à genoux et remerciait Dieu en embrassant de toutes ses forces l'enfant qui l'avait sauvée.

∽

— Eh bien ! demanda Paul de Kock, en terminant son récit : connaissez-vous dans l'antiquité beaucoup de traits d'amour filial qui puissent être comparés à celui-là ? Je puis bien vous dire, maintenant le nom de cette femme : c'était ma mère, et c'est moi qui, au maillot encore, l'arrachai à la guillotine… J'avais bon appétit et le lait était si cher qu'on dut renoncer à me sevrer avant l'été… Ce qu'un mouvement d'humanité dans un cœur de tigre avait commencé, les événements l'achevèrent : la révolution du 9 thermidor survint et avec elle le dernier jour de la Terreur ; ma mère n'eut plus à craindre qu'on vînt lui ordonner de se préparer à mourir sous prétexte que j'avais l'âge où, sans elle, je pouvais vivre.

Et l'aimable auteur de *Monsieur Dupont*, ajoutait en souriant :

— Ce fut là mon premier roman ‑ et sans nul doute, mon meilleur.

LA FÉE

Dans la bourgade du Nord où je me trouvais il y a quelque dix ans, la vie se passe en quelque sorte à l'estaminet qui, pour les gens paisibles, remplace le cercle absent, le théâtre toujours en relâche, et le café achalandé par les militaires en permission, les voyageurs de commerce et les étrangers, quand il en vient. L'estaminet est d'ailleurs un lieu très reposant, où l'on cause à mi-voix, dans la fumée des pipes, l'imagination assoupie et la pensée bercée par le ronronnement du poêle et le monotone tic-tac du pouls de l'horloge qui bat dans sa haute boîte de vieux chêne.

Comme on attendait l'heure d'aller à la messe de minuit, le thème ordinaire des conversations s'était épuisé, la causerie se faisait somnolente : il y avait là des fonctionnaires en retraite, le percepteur des contributions, le receveur des douanes, trois ou quatre bourgeois confortables et un ancien officier de gendarmerie que toute la ville, en raison de son grand âge, désignait filialement sous le nom de *père* Kerlero, bien qu'il fût toujours resté un farouche célibataire. Tous, et le gendarme surtout, semblaient appartenir à cette classe de gens placides auxquels il n'est rien arrivé et qui sont revenus du pays des illusions sans y être jamais allés.

Et pourtant le charme des nuits de Noël soufflait là sa poésie ; une sorte de rêverie attendrie courbait les fronts, chacun se laissait aller à ces pensées vagues qui ne sont ni la tristesse ni la joie, mais qui s'emplissent de la mélancolie mystérieuse du passé. Au dehors, dans la rue déserte, une boutique foraine, fastueusement éclairée de quatre lampes à pétrole, étalait, sous un auvent de toile, des pains d'épice en forme d'Enfant Jésus, des piles de gaufrettes beurrées, des choses superbes en papier d'or et des jouets mirifiques, poupées, soldats de bois peint, ânes poilus comme des angoras, arches de Noé et bergeries dont on voyait les bêtes de bois et les arbres en copeaux frisés, bien alignés dans la mousse, sous la vitre de leur couvercle enrubanné.

Le père Kerlero qui, depuis plus d'un quart d'heure, était resté silencieux, semblait absorbé par la contemplation de ces merveilles aperçues à travers le rideau de l'estaminet ; il avait rallumé plusieurs fois sa pipe, d'un air rageur, bien qu'elle ne fût pas éteinte, et sa moustache, ordinairement très sage, révélait, par des moues insolites, une vive perturbation. Tout à coup, le vieux gendarme parut prendre une résolution décisive : il écarta les soucoupes, les verres, le réchaud plein de braises, posa ses deux coudes sur la table et, nous fixant tous d'un regard furieux, il cria, du ton d'un homme qui soulage enfin sa conscience d'un secret trop lourd et trop longtemps gardé :

— Eh bien ! moi… moi, j'ai vu une fée !

Il y eut un silence : le père Kerlero restait menaçant, sur la défensive d'un démenti possible. Comme personne ne broncha, il reprit, plus conciliant :

— Oui, j'ai vu une fée ! Dam ! ça n'est pas d'hier… je vous parle de choses… J'ai plus de quatre-vingts ans maintenant, étant né en 1820, dans un village de Vendée, du côté de Montaigu, là-bas, au diable… C'est là que j'ai vu une fée : j'avais douze ans.

On l'écoutait, sans mot dire ; il vida sa pipe, la bourra nerveusement et, quand il l'alluma, nous remarquâmes que ses mains ridées tremblaient d'émotion ; ce qu'il ajouta paraissait n'avoir, d'ailleurs, aucun rapport avec le commencement de son récit :

— Dans ce temps-là, la politique ne ressemblait pas aux saloperies d'à présent. On n'avait pas de journaux, ce qui était un grand bien ; mais on enrageait tout de même parce que les gens étaient restés partisans de la royauté légitime et que, depuis la Révolution de 1830, on se montait la tête, chaque jour, à la veillée, en écoutant les histoires des vieux qui avaient fait jadis les grandes guerres de la chouannerie. Chacun tenait son fusil prêt pour le jour où le branle-bas recommencerait ; le soir, on disait en commun la prière pour notre petit roi, notre Henri, qui était exilé en Écosse et qu'on voyait en portrait dans toutes les maisons, avec sa toque à plume de perdreau, son tartan à la taille, son plaid à l'épaule et ses genoux nus. On racontait que sa mère, qui était la duchesse de Berry, était venue en Bretagne, sous un déguisement, pour opérer un soulèvement en faveur de son fils ; je me rappelle même que j'ajoutais tous les jours, à mon *Pater* un *Domine salvam* pour *la Bonne Dame* et une oraison mentale pour prier Dieu d'envoyer au diable Louis-Philippe qui avait pris le trône de notre Henri. C'était là tout ce qu'on savait ; et je vous affirme que cette façon de politiquer avait quelque chose de poétique, de légendaire, de charmant qui tenait les cœurs chauds et les têtes ardentes…

Le vieux Breton s'exaltait ; il s'en aperçut, eut honte et ajouta pour s'excuser :

— Je n'ai jamais été pour le romanesque, non ! mais, tout de même aujourd'hui, ce qui se passe… voyons…

Comme c'était là le sujet des discussions habituelles, nul ne releva le propos, soit que l'assentiment fût unanime, soit plutôt qu'on attendît *la Fée* qui tardait à paraître.

— Je vous disais donc, continua le vieux gendarme, qu'en 1832, tout au commencement de l'hiver, par une pluie battante, on vit s'installer, dans la grande rue de notre village, un forain qui dressa sa tente juste en face de notre maison de paysans ; ce n'était pas la fête du pays, qui tombait le 27 mai, jour de saint Ildevert, et tout le monde s'étonnait un peu de ce déballage inusité de jouets, de confiserie et de gâteaux. Mon père même ne dissimulait guère son indignation contre le forain qu'il traitait tout bas d'espion et de mouchard : le fait est que cet homme, que personne n'avait jamais vu dans le pays, avait la figure sournoise et l'air patelin ; il observait tout ce qui se passait dans la grande rue et questionnait singulièrement les enfants groupés autour de sa boutique. J'avais, dès le matin, reçu la défense expresse d'aller rôder autour de ce malandrin et je me contentais d'admirer, de la fenêtre de notre cuisine, l'entassement superbe de polichinelles, de soldats, de bêtes et de pains d'épice, derrière lequel se promenait *l'homme*, qui me causait, à distance, une épouvante invincible. Toute la journée mon père l'observa en grommelant : « — Que fait-il là ? Ne va-t-il pas s'en aller ? Comment laisse-t-on errer de pareils vagabonds ? » Réflexions qui n'allaient pas sans quelque apostrophe désobligeante à l'adresse de Louis-Philippe qui tolérait de semblables abus ; car on était chez nous bons royalistes et on n'y manquait jamais une occasion de jeter la pierre à l'usurpateur.

Toute la journée mes parents furent inquiets et affairés ; sans oser questionner, je pressentais un événement : vers le soir, comme le forain ne fermait pas boutique, mon père prit un marteau et alla déclouer une porte que j'avais toujours vue condamnée et qui donnait accès à l'étable où l'on entrait par le derrière de la maison. J'ouvrais de grands yeux et, comme il s'aperçut de mon étonnement, il me dit, d'un ton brusque, que tant que ce misérable colporteur séjournerait en face de chez nous, personne ne passerait plus par la porte d'entrée ; ce qui me parut marquer tout de même une aversion excessive à l'égard d'un homme qui vendait de si belles choses. Quand la porte fut déclouée, mon père, à la nuit, m'envoya, par les champs, porter un panier de pommes à monsieur le curé, en me recommandant bien de ne pas m'arrêter en route et de ne pas me montrer dans la grande rue. Le curé, en apercevant les pommes qui n'avaient pourtant rien d'extraordinaire, manifesta un émoi très vif ; il semblait aussi étonné qu'heureux et, plusieurs fois, il joignit les mains en murmurant : « *Que le bon Dieu la protège !* » Ce qui me parut un propos absolument incompréhensible.

Quand je rentrai chez nous, une heure plus tard, je restai tout saisi en apercevant, devant le grand feu de la cheminée, une femme que je n'avais jamais vue : elle était assise sur un escabeau bas, le coude sur les genoux et le menton dans la main : elle regardait silencieusement la flamme ; son costume ressemblait à celui des paysannes bretonnes, mais il y avait, dans son attitude, quelque chose de si « différent, » qu'instinctivement je fus pris d'un sentiment étrange qui tenait à la fois de la peur, du respect, de l'affection, du besoin de me dévouer ; il était impossible, me semblait-il, qu'une telle dame pût être « une femme comme les autres ; » non point qu'elle fût jolie, mais parce qu'on pressentait un mystère, rien qu'à l'arrangement de son petit bonnet, à la finesse de ses doigts, aux plis de sa jupe de futaine. Près de la cheminée se tenait debout un grand monsieur maigre, à long nez, l'air très digne et très occupé ; il était vêtu d'une veste de courrier comme en portaient alors les postillons des messageries, d'une culotte de peau et de courtes bottes ; il ne disait rien, immobile, son chapeau sous le bras, les mains gantées. Mes parents, retirés au fond de la chambre, demeuraient là, eux aussi, sans parler, les mains jointes, très émus. Si le bon Dieu avait élu domicile dans notre maison, on n'aurait pu y avoir l'air plus respectueux et plus ébahi.

Je comprenais bien qu'il se passait quelque chose d'anormal ; j'allai sur la pointe des pieds vers mon père qui me dit à voix basse :

— Couche-toi.

— Sans bruit, ajouta ma mère en mettant un doigt sur sa bouche.

Mon lit était dans un angle de la cuisine, sous une sorte d'alcôve que ne fermait aucun rideau ; en un tour de main, je fus déshabillé, je m'enfonçai sous mes couvertures et, bien que je fusse fermement résolu à ne pas quitter des yeux la belle dame, la scène était trop muette et trop monotone pour m'intéresser longtemps. Je fis des efforts pour me tenir éveillé ; puis je m'obstinai à contempler longtemps l'éblouissante boutique du forain qui étincelait, de l'autre côté de la rue, dans la nuit noire ; puis mes idées se brouillèrent et je dormis bientôt à poings fermés. Une impression de grand jour ensoleillé et des éclats de voix claire me tirèrent en sursaut du sommeil ; j'entr'ouvris les yeux : la dame était debout devant mon lit, une lampe à la main.

— Qu'est-ce que c'est que ce pierrot-là ? C'est à vous ma brave femme, ce grand garçon ? En voilà un qui dort, par exemple !... Tenez-moi, ça, Ménars...

Elle passa la lampe au grand monsieur maigre, qui la prit d'un air déférent, puis elle se pencha sur mon lit et me saisit à bras-le-corps.

— Mais réveille-toi donc... A-t-on jamais vu ? Regardez-le, il ne peut pas ouvrir les yeux... le pauvre gros... et blond avec ça ! Quel âge as-tu ? Comment t'appelles-tu ? Mais réponds donc, grand bêta !

Comme elle me secouait beaucoup et qu'elle me passait sur le front sa main fine et parfumée pour relever mes cheveux embroussaillés, j'avais très grand'peur ; la lumière de la lampe, que le monsieur maigre s'obstinait à braquer vers moi, m'aveuglait d'ailleurs.

... La dame poussa un cri d'indignation.

— Ça c'est trop fort ! Veux-tu bien te montrer ; j'en ai un comme toi, de garçon, moi, vois-tu ; de ton âge, à peu près ; quel âge as-tu ?

— Douze ans, fit ma mère.

— Douze ans ! c'est ça, reprit la dame, attendrie, en perdant tout à coup son ton boudeur ; – j'ai un garçon de douze ans ; il est fort aussi, et beau et blond... mais je ne le vois pas souvent moi ! Il habite très loin, et peut-être qu'on ne lui parle pas tous les jours de sa maman...

Elle se cacha le visage sur ma poitrine, m'embrassant follement et, secouée de gros sanglots…, jamais je n'avais respiré une odeur aussi suave que celle des torsades de ses cheveux blonds échappés de son bonnet, et qui me balayaient la figure. La consternation du monsieur maigre semblait augmenter.

— C'est comme ça, fit-il à voix discrète, chaque fois qu'elle rencontre un gamin de cet âge…

Tenant toujours la lampe, il s'inclina d'un air cérémonieux.

— Madame… hasarda-t-il.

Ce simple mot déchaîna une tempête.

— Ah ! vous allez me laisser la paix, vous, hein ? Je ne peux pas dire un mot ni faire un geste, sans que vous me rappeliez aux convenances… Non ! ce que j'en ai assez de l'étiquette ! Qu'est-ce que je fais de mal ? Je n'embrasse jamais mon enfant, moi ; on me l'a pris ; et je me rattrape sur ceux des autres… C'est pour lui que je suis ici, après tout ; oh ! je sais bien… si je ne réussis pas, on lui fera comprendre que sa mère est une aventurière, une folle, qu'elle s'est lancée dans une expédition insensée… Que lui dit-on de moi, mon Dieu, à mon petit Henri ! Jamais, jamais, on ne m'a laissé lui parler librement ; j'en arrive à ne plus oser, oui, c'est vrai, maintenant j'ai peur de lui… Ah ! que j'aimerais, pourtant, que j'aimerais le serrer comme ça sur mon cœur !

Ce fut un nouveau déluge, puis des embrassements frénétiques ; il me fallut sortir du lit, m'habiller, la dame me prit sur ses genoux, elle me fit réciter mon catéchisme, me raconta des histoires, me berça comme on berce un marmot de six semaines ; elle semblait avoir oublié le reste du monde et jouait maternellement avec moi comme une fillette joue avec une poupée adorée. Elle s'ingéniait à me faire répondre à ses questions, parlant pour un autre, qui n'était pas là, mais qu'on sentait présent au fond de toutes ses pensées.

— Vois-tu, je reviendrai avec mon Henri ; je lui montrerai tous les endroits où je suis passée, nous referons le voyage ensemble. Tu joueras avec lui, c'est un diable ! Il faudra bien l'aimer, par exemple… N'est-ce pas que tu l'aimeras ? Voilà qu'il se rendort ! Qu'est-ce qu'il faut donc pour l'amuser, ce Chinois-là ? As-tu des jouets, as-tu des soldats ?

Tout somnolent, je regardais encore, les yeux mi-clos, comme en rêve, les lumières du marchand forain, et son étalage rutilant ; la dame s'en aperçut :

— Tiens, un bazar, dit-elle ; en voilà une chance !

Et, tout de suite, elle renfonça ses cheveux, noua son bonnet, se préparant à sortir. Il y eut une vive discussion : son compagnon la conjurait de n'en rien faire ; mon père, joignant les mains, lui représentait qu'une imprudence « pourrait la perdre ; » mais, elle, toute souriante maintenant et toute brave, continuait d'arranger son chignon et de lisser ses bandeaux.

— Bah ! disait-elle, si on vous écoutait, on ne ferait rien ; quand il fallut débarquer à Marseille, ils étaient tous à mes genoux pour me supplier de reprendre le large... Chaque jour, si j'avais suivi les conseils de mes amis, j'aurais rebroussé chemin... je me serais clapie dans des caves... je serais morte cent fois d'ennui et de terreur...

— Avez-vous un petit miroir, ma bonne dame ?

— Là, merci ! – Comme je suis faite !

Tout en parlant, avec une extrême mobilité d'impressions, elle allait et venait par la chambre, s'amusant de sa robe de paysanne, de son tablier à carreaux et du bruit que faisaient sur l'aire ses petits sabots tout neufs. Il ne fallait vraiment pas être bien expert pour deviner, à sa tournure, que ce rustique accoutrement ne lui était pas familier. Et elle avait le visage si blanc, les yeux si vifs, la voix si claire, que je me sentais prêt à l'adorer.

— Vous rappelez-vous, continua-t-elle gaîment, vous rappelez-vous, Ménars, le gendarme... Un bon homme de gendarme – figurez-vous – qui nous a suivis l'autre semaine, toute une nuit. Nous étions en cabriolet, et il trottinait derrière la voiture, sans mot dire. Ménars était convaincu qu'il attendait un village pour crier main-forte et nous arrêter. Mais les villages passaient et le brave soldat ne bronchait pas... Au jour seulement, il nous quitta. C'était un gendarme qui avait peur et qui n'aimait pas voyager tout seul sur les routes ! — Non, retenez ça, ce sont les trembleurs qui se font prendre. Y a-t-il d'ailleurs un Français assez lâche pour livrer une femme ? Et puis, quoi ? Je serais prise ? Est-ce que les braves Vendéens ne viendraient pas me délivrer ? Du moment que je cours les aventures, il faut bien risquer quelque chose... Voyez-vous, rien ne m'empêchera d'aller acheter des jouets à ce pataud-là... Ça me portera bonheur, j'en suis sûre : il me semble que le plaisir que je lui ferai va rejaillir sur mon Henri... mon cher petit garçon ! Comme il aimait venir avec moi dans les magasins ; en voilà un qui en raffole des jouets... Passez-moi de l'argent, Ménars...

Elle babillait, babillait, tantôt riant à pleines dents, tantôt soucieuse au point qu'elle semblait prête à pleurer. Celui qu'elle appelait Ménars semblait si convaincu de l'inutilité de ses objurgations, qu'il se taisait maintenant, se contentant de protester par une mine respectueuse et résignée ; mais mon père ne cessait de représenter à la dame qu'elle s'exposait à un grand danger en se montrant dans la rue ; le village n'était habité que par des braves gens, mais il y passait si peu d'étrangers !... et puis, ce forain lui semblait louche ; ça pouvait bien être un espion de Louis-Philippe ; ces gens-là emploient toutes les ruses...

La dame n'écoutait même pas ; toute au plaisir qu'elle se promettait, elle conclut par un *venez tous !* décisif et, me prenant par la main, elle ouvrit la porte et m'entraîna dans la rue. Ménars suivait en homme qui en a vu bien d'autres ; mon père et ma mère venaient ensuite, manifestement très inquiets. On arriva à la boutique devant laquelle stationnaient tous les gamins du pays ; il me sembla bien que le marchand, de ses yeux troubles, dévisageait singulièrement l'étrangère ; elle ne s'en aperçut pas ;

moi-même j'étais trop affairé pour m'en inquiéter beaucoup.

— Allons, choisis, dit-elle...

Le forain s'empressait, ouvrant les boîtes, dénouant les paquets, ne quittant pas des yeux sa cliente, quoiqu'il s'efforçât visiblement d'affecter un air indifférent. Elle bavardait, ravie, touchant à tout, s'amusant à retrousser les poupées, à tirer la ficelle des pantins, à souffler dans les trompettes.

— Tiens, prends ce polichinelle et puis cette charrette avec un cheval... Qu'est-ce que tu veux encore ? Parle donc, grand dadais. Ah ! bien ! si le mien était là, il en ferait une vie ! Vous n'avez pas de soldats, mon brave homme ? Des soldats en boîtes ? Non, pas ceux-là, ce sont des *bleus* ; je n'en veux pas... je n'en veux pas... Passez-moi plutôt cette toupie là-bas...

Mon père la tirait par le cordon de son tablier, répétant à voix basse :

— C'est imprudent, madame... Oh ! que c'est imprudent !

Ménars levait les yeux au ciel pour le prendre à témoin de sa désapprobation, mais sa compagne ne le consultait même pas : elle était en train d'acheter tout l'étalage ; j'avais déjà dans les bras deux ballons, un jeu de quilles, un cheval de bois et trois ménages : elle empila dans le tablier de ma mère une arche de Noé, une brouette, un ramponeau, des raquettes ; chargea mon père d'un diable, d'un singe en astrakan, d'une boîte de jonchets et d'un album d'images, par la raison « qu'il faut bien que les enfants aient quelque chose pour se distraire à la maison quand ils ne peuvent pas sortir... » Enfin elle accrocha aux longues mains de Ménars un cerf-volant, un bilboquet et un cerceau à sonnettes... C'est en triomphe que nous rentrâmes à la maison, suivis par tous les enfants, muets de vénération et d'envie. Moi, j'étais médusé, ébahi, fou, et pas joyeux pourtant, car je sentais bien que la dame avait donné toutes ces choses *à quelqu'un qui n'était pas là*, et qu'elle cherchait à illusionner son cœur... elle était redevenue très triste ; elle m'embrassa vingt fois de suite, frénétiquement, les larmes aux yeux et reprit sa place devant le feu. Tant que je restai éveillé, je la voyais, du fond de mon lit, immobile et silencieuse, les joues dorées par le reflet de la flamme, les yeux fixes, l'esprit bien loin...

Le lendemain, au réveil, la maison avait repris son aspect habituel et j'aurais cru avoir rêvé si la chambre n'eût pas été transformée en un magasin de jouets ; ils étaient tous là, je les touchais, je ne pouvais douter de leur réalité ; mon père était absent ; ma mère rangeait ; le forain avait plié boutique et était parti dans la nuit, et je ne sais pourquoi, j'éprouvais cette vague mélancolie qui vous prend à la suite des jours de fête ou à la fin des vacances... Il me semblait que, dans ma vie, avait passé quelque chose qui ne reviendrait plus.

— Et la dame ? demandai-je, tout désorienté.

Ma mère m'attira contre elle :

— Écoute, me dit-elle, la dame qui est venue hier est une fée ; quand tu me parleras d'elle tu diras *la fée*… plus tard, tu sauras son nom ; mais il ne faut en souffler mot à personne hors de la maison ; si tu avais le malheur d'y faire allusion, non seulement elle reviendrait, la nuit, te reprendre tout ce qu'elle t'a donné, mais encore il arriverait, à ton père et à moi les plus grands malheurs… C'est comme cela, les fées ; il faut aimer celle-là et prier pour elle ; mais ne jamais dire qu'elle est entrée chez nous.

C'est le premier secret qu'on m'a confié, continua le père Kerlero, et je vous assure qu'il était lourd et qu'il m'a pesé longtemps : j'étais d'âge pourtant à comprendre… et quand, quelques semaines plus tard je vis mon père rentrer un soir, désespéré, quand il raconta à ma mère, tout bas, des choses qui la firent pleurer, je devinai qu'il était arrivé un malheur à la dame et j'osai interroger mes parents.

— La fée est prise, mon enfant, dit mon père… Le méchant forain l'avait reconnue ; il l'a fait suivre et on l'a arrêtée, avant-hier, à Nantes…

— Arrêtée ? pourquoi ? parce qu'elle est fée ?

— Oui, parce qu'elle est une bonne fée ; les méchantes sont toujours bien plus fortes et ne se laissent jamais prendre… c'est le contraire dans les contes ; mais dans la vie il en est ainsi…

— Et comment s'appelait-elle, la fée ?

Mon père interrogea ma mère du regard ; elle baissa les yeux et répondit à cette question muette :

— Dis-le lui — il faut qu'il sache — je réponds de sa discrétion...

— Mon enfant, fit mon père, gravement, elle s'appelle Madame la duchesse de Berry ; garde bien ce nom dans ton cœur et souviens-toi toujours que les baisers qu'elle t'a donnés s'adressaient au roi de France — au vrai — à celui pour qui elle souffre et qui est bien loin, en exil...

∼

Le père Kerlero se tut tout à coup : il nous semblait que sa grosse voix devenait rauque et qu'il avait presque envie de pleurer ; peut-être s'en aperçut-il aussi ; il toussa trois fois, très fort, pour reprendre son aplomb, et, rallumant sa pipe vide, il grommela :

— Qu'on est bête... c'est si vieux tout ça... ! Qui est-ce qui croirait qu'un homme vivant a pu voir des aventures pareilles ? Le monde a changé, hein ? croyez-vous ?

Copyright © 2021 Alicia Editions
Tous droits réservés.
Aucune partie de ce livre ne peut être reproduite sous quelque forme ou par quelque moyen électronique ou mécanique que ce soit, y compris les systèmes de stockage et de récupération de l'information, sans l'autorisation écrite de l'auteur, à l'exception de brèves citations dans une critique de livre.

www.ingramcontent.com/pod-product-compliance
Lightning Source LLC
LaVergne TN
LVHW021047100526
838202LV00079B/4699